# 英雄伝説
# 碧の軌跡
## いつか貴方とお茶会を

◉ むらさきゆきや
Illustrator
◉ 窪茶

# 登場人物

## エリィ・マクダエル

クロスベル自治州の代表のひとりであるマクダエル市長の孫娘。18歳。帝国派と共和国派が醜い政争を続けるクロスベルの政治状況に疑問を持ち、勉学のため周辺諸国に留学していたが、とある理由で警察入りを志願した。人当たりがよく優等生的な性格だが、競技射撃が趣味という凛々しさも備える。

## ロイド・バニングス

本編の主人公で、クロスベル警察の新米捜査官。18歳。3年前に捜査官だった兄を亡くした後、しばらく外国で暮らしていたが、警察学校で優秀な成績を収め、捜査官の資格を得てクロスベル市に戻ってきた。真面目な常識人だが、不正や暴力に対しては敢然と立ち向かう熱血さも併せ持つ。

## ランディ・オルランド

クロスベル警備隊に所属していた元警備隊員。21歳。女グセが悪く素行不良でクビになりかけたところを警察に引き取られた。軟派で軽い性格だが、年上ならではの面倒見の良さや頼もしさも垣間見せる。

## ティオ・プラトー

大陸有数の技術力を持つ「エプスタイン財団」に所属している少女。14歳。新装備「魔導杖」の実戦テストのため、クロスベル警察に出向してきた。クールな言葉と素っ気ない態度が印象的だが、別に人嫌いというわけではない。

## クローディア・フォン・アウスレーゼ

歴史と伝統を誇るリベール王国の姫君で、次期女王として期待されている王太女。クロスベル自治州で開かれる重要な国際会議に、祖母である女王・アリシアⅡ世の代理として出席することとなり、クロスベルを訪れている。

## ミレイユ

クロスベル警備隊の若き准尉。実戦能力、指揮能力ともに秀でており、司令の信頼も厚い。ランディの元同僚で、彼に対しては特別な気持ちを抱いていることもあり、彼が警備隊を去ったのを惜しく思っていた。

## シュリ・アトレイド

貧しい辺境出身で、大都市クロスベルに流れてきた13歳の少女。劇団《アルカンシェル》のトップスター・イリアの存在に嫉妬し、盗みを働こうとしたが、結果的に彼女に許され、劇団の新人アーティストとして活躍している。

## フラン・シーカー

クロスベル警察本部で受付兼オペレーターを務める女性警察官。ロイドたち特務支援課のバックアップも担当している。クロスベル警備隊から支援課に出向している姉・ノエルのことが大好きなお姉ちゃんっ子。

## レン

可憐な容姿と猫のような雰囲気を纏う少女。普段は無邪気な笑顔を絶やさないが、時折、その年齢からは想像もできない表情を覗かせることも……。

## リーシャ・マオ

劇団《アルカンシェル》で準主役を務める大型新人アーティスト。普段は天然で、イリアにいいように弄ばれているが、その正体は《銀(イン)》という凄腕の凶手。共和国の東方人街では伝説の魔人として恐れられている人物。

# 目次

# 第1話

# 『ランディのプレゼント』

ゼムリア大陸西部にある自治州クロスベル。

エレボニア帝国とカルバード共和国という二大勢力に夾まれた都は、経済の発展とともに、犯罪組織の台頭や諜報謀略の温床といった闇の面も色濃くなり、さまざまな事件が起きていた。

クロスベル警察に新設された特務支援課に所属する面々は、微力ながらも人々の要請に応え、日々、信念を旨として街の平和のために職務に励むのだった。


しかし、人はパンのみにて生きるにあらず。紅茶にお砂糖も必要なのだ。


「え～っと……あと買ってないのは……」

ブラウンの髪の青年がメモを見ながらカゴに商品を入れていく。

捜査官ロイド・バニングスは、つかの間の昼休みに、仲間たちと百貨店《タイムズ》まで買い出しに来ていた。

昼時だけに、一階の食料品売り場は、とくに賑わっている。

「ロイド、ちょっといい？」

「ん？　なんだい？」

話しかけてきたのは、エリィ・マクダエル。パールグレイの髪を腰まで伸ばした美しい少女である。

前市長の孫娘で、射撃の名手。政界入りを嘱望された才媛だが、故あって警察官になっている。

「厚切りベーコンが特売らしいの。夕飯は炒め物なんてどうかしら？」

「ああ、いいね」

「じゃあ、買っておくわね」

やわらかい笑みを残してエリィは店の奥に向かった。

メモに書かれている物を探して、ロイドは別の方向へ。

ふと、ぬいぐるみやグッズのコーナーに目を向けると子どもたちに混じって、仲間の姿があった。

猫耳のような形の髪飾り《センサー》を頭に乗せた、ライトブルーの髪の少女が、真剣な表情をして商品棚を見つめている。

「こ、これは……限定色のみっしぃキーホルダー!?　しかし、同じ物の通常版は持っているわけですし、限られた予算を有効に活用するために、ここは自重すべきかと。で、でも、今、これを逃せば永遠に入手は不可能です……」

少女は名をティオ・プラトーといい、エプスタイン財団から支援課に出向している。

導力技術に精通し、超常の知覚力を持ち、十四歳とは思えないクールな言動をするのだが、みっしぃというマスコットキャラクターが大好きという子どもらしい面もあった。語り出すと止まらないほどだ。

　うーん、と悩んでいるティオに声をかける。

「どうしたんだ？」

「ハッ!?　ロイドさん……すみません、お買い物を任せてしまって」

「気にしなくていいよ。俺は見たいものがあるわけじゃないし。ティオ、なにか困ってるみたいじゃなかったか？」

　少女が頬を赤らめる。

「……お恥ずかしいところを見られてしまいました」

「いや、そんなことないけど」

　いつものクールな表情でティオが話す。

「色が違えば受ける印象は異なるわけですから、いわば別物。同じ形の通常版を持っていることとは関係なく、これは限定グッズと考えられます。すなわち、購入するのになんら迷う余地などありませんでした。躊躇するとは、お恥ずかしいかぎりです」

「あ、ああ……そういう意味だったのか」

　ロイドは苦笑する。

　ティオが丁寧にみっしぃキーホルダーを手にして、会計へと向かった。

　その後、必要なものをカゴに入れたロイドも、支払いのためにレジの列に並ぶ。

小さな女の子が走ってきた。

カゴが当たらないように持ち上げる。

ロイドの腹に、ライムグリーンの髪の幼い女の子が、体当たりしてきた。

どしんっ、と受け止める。

「おっと……いいタックルだな、キーア。でも、店内で走ったら危ないぞ」

「わかった。ロイド！　これ、買って！」

特務支援課で保護している女の子、キーアだった。

過去にいろいろあって、今はロイドたちが親代わりをしている。

しゃがんで目の高さを合わせた。

「どれどれ？」

「これ」

キーアが持ってきたのは、犬の首輪だった。

「ツァイト用か？」

「うん！」

支援課には、この地方の伝説にある白狼がいる。ツァイトといって、ロイドたちメンバーを助けてくれている仲間だ。

対外的には警察犬だと言い張っているが。

「なるほど、いいかもしれないな」

　誰に需要があるのか謎だが、プレートに《POLICE DOG》と書かれていた。

「えへへっ」

「せっかくだし、プレゼント包装ができるか訊いてみるよ」

「やった！　ロイド、ありがとー！」

「いいさ。キーアもツァイトも俺たちの大切な仲間だからな」

　頭をなでてやると、キーアがくすぐったそうに目を細めた。

　会計を済ませる。

　ロイドは他のメンバーたちを探した。

　エリィとティオは百貨店の入り口のあたりでおしゃべりして待っている。

　キーアを預け、もうひとりを探しに歩いた。

　もしかしたら二階だろうか？　と階段のほうへ向かったところ、赤毛で長身の青年を見つけた。

　ランディ・オルランド。

　元々は警備隊に所属していたが、素行不良でクビになりかけたところを特務支援課に引き取られた……と聞いているけれども、いろいろと事情がありそうだ。

「おーい、ラ……」

名前を呼びかけたロイドだったが、口を閉じた。

商品棚もない隅のほうで、何をしているのかと思えば、ちょうど通信を受けたところだったらしい。

手にしたエニグマ——多様な機能を持った第５世代戦術オーブメント。通信機能も備えている——を耳へと当てている。

「おう、俺だ……ひさしぶりだな、元気か？　……ああ、したぞ、昨日の夜……」

通信中らしい。

そう長くもならないだろうから、ロイドは待つことにした。


ほんの少し前——

クロスベル自治州の西端に位置するベルガード門。

その一角、導力通信機の置かれた部屋だった。私用の通信は、ここを使う規則となっている。

現在の利用者はひとり。

ミレイユ三尉は何度目かの深呼吸をした。

ウェーブのかかった金色の髪をかきあげて、見られるわけでもないのに服装を整える。

なんてことないはずなのに、無駄に緊張してしまっていた。

わずかに震える手で、壁掛けの通信機の受話器を取る。

暗記している番号を入力した。

数回のコールで、通信がつながる。耳に当てた受話器から、青年の声が流れてきた。

『おう、俺だ』

「ッ‼　ランディ……あたしよ、ミレイユ」

『ひさしぶりだな、元気か？』

「まあまあね。あなた、昨日、連絡してきたでしょ？」

『ああ、したぞ、昨日の夜』

「タイミングが悪いわね。ちょうど偵察任務中だったから門を出ていたの」

『そうらしいな。まぁ、急ぐ用事じゃないからいいんだけどさ』

「ふーん、言ってみたら？　その急がない用事っての」

とても気になりつつも、照れくささくて気のない訊き方をしてしまう。

ランディが苦笑したのが聞こえてくる。見透かされているようで頬が熱くなった。

『ちょっと前に支援課でミシュラムに行ったんだ』

「ＭＷＬ《ミシュラムワンダーランド》？」

『ああ、新しくオープンするビーチのほうも見せてもらったが、なかなか悪くなかったぞ』

「みんなで、行ったんだ？」

『ロイドたちとな』

「いいなぁ……あ……いえ、休暇がうらやましいって意味だからね⁉」

『はいはい』

　ミレイユはＭＷＬに行ったことがなかった。べつに休暇がまったくないわけではないが、一緒に行くような親しい友人がいないし、ひとりで行くのは恥ずかしい気がする。

「それがどうかしたの？」

『みやげ話だけじゃなんだから、ちょっと渡そうと思ってる物があってよ。近いうちにメシでも食べないか？』

「え……メシって……物って……？」

『ああ、いや、そんな大層な物じゃないぞ。昇進祝いってやつだ』

　すこし前に、ミレイユは准尉から三尉になっている。

　とある事件により、警備隊の人手が足りなくなったせいだと思うが。

「…………今日？」

『え？　いや、今日でもいいけど。急だな』

「そ、そうかしら？　でも、ちょうど任務あけで、明日の朝までオフで、次はいつ休めるかわからないし、べつにどうしてもってわけじゃないけど」

『俺のほうは非番じゃないんだよな。今は昼休みだが……』

　そういえば、通信機の向こうから人の声が聞こえている。外にいるのかもしれない。

『……まぁいいか。夕方にはあがれるだろうし、市内《クロスベル》でディナーでもどうだ？』

「ッ⁉　ディナー⁉　う、う、うん、かまわないわよ。どこに行くのか知らないけど」

『屋台で天上麺なんていいんじゃないか？　俺のイチオシ』

「……え……？」

　べつに屋台がキライなわけではないが、ディナーという言葉の響きからは遠いような気がした。

　でも、本気でオススメしているなら、断るのは申し訳ない。

　どうしよう？

　ミレイユが悩んでいると、ランディが笑いだした。

『はは……冗談だ。まだ夜までに時間あるし、ちゃんとした店を押さえておくって。楽しみにしとけ』

「ば、ばか。変なトコだったら承知しないんだからね⁉」

　またからわかれた。こういうところがランディは他の人たちと違うと思う。

　ミレイユは若くして三尉という地位にある。警備隊の面々は敬意を払ってくれるが、そのぶん気安く接してくる者はいなかった。

　女性として扱われることに慣れていないから、どうしたらいいかわからなくて、つい強く返してしまう。

　素直な子のほうがかわいいんだろうなぁ……とは思いつつも。

『まぁ、店は任せてくれ。待ち合わせは、今夜の七時にアルカンシェルの前でどうだ？』

「うん……了解。本日十九時《ヒトキュウマルマル》に繁華街エリアのアルカンシェル劇場前で」

『お、おう。武装はしてくるなよ？　レストランに入れなくなるぞ』

「うっ……し、失礼ね。いつもどおりで行くわよ」

『オーケー。オシャレしてこい。じゃあ、そろそろ昼休みが終わっちまうからよ』

「うん」

　音が消える。通信が終了した。

　ミレイユは受話器を戻しながら、機械にしがみつく。膝から力が抜けそう。

「約束……しちゃった……」

　ディナーの。

　ランディと食事をするのが初めてというわけではない。彼が警備隊にいた頃は、訓練のあと、よく一緒に食堂へ行ったものだし。野戦食だって一緒に取ったし。

　でも、今回のは、そういうのとは違うと思う。空腹を満たして体力を回復させるための食事ではない。

　繁華街である。予約して。レストランだなんて。

　しかも、オシャレを。

　これは世に言う《デート》というミッションではないだろうか⁉　たぶん、きっと。

　ふ、ふふ、ふふふ……と口元が緩んでしまう。

　ハッ⁉　とミレイユは我に返った。

「ちょっと⁉　どうして、私が喜んじゃってるわけ？　ランディのことだから大した意味なんかないわよ。あいつは毎日のように他の子ともデートしてるんでしょうし！　わ、渡したい物があるって言うから受け取りに行くだけのことよ！」

「あ〜、ミレイユ三尉……？」

「ひゃっ⁉」

　いつの間にか後ろで待っていた壮年の隊員に声をかけられ、飛び上がった。

「……そろそろ通信機を使わせてもらえませんかな？」

「し、失礼しました！」

　あわてて部屋を出るのだった。

ふたたび、百貨店――

ロイドは通信を終えたランディに声をかける。

「やあ、そろそろ行こうか？」

「おっと。なんだよ、聞いてたのか？」

「それほど聞こえてはいなかったけど……ミレイユ三尉だろう？」

「ああ、元気にやってるみたいだ」

「そうか」

入り口のほうへ向かおうとすると、ちょうど緑色の髪をした細身の青年が歩いてきた。

ワジ・ヘミスフィアだ。

テスタメンツという不良グループのリーダーだが、先日、なにを思ったか支援課に志願してきた。今は臨時の準メンバーとなっている。

「ちょっといいかい？　ロイド、ランディ」

「結局、ワジも来たのか」

支援課ビルでくつろいでいるはずだったのに、とロイドが言うと。

「急な支援要請があったからね。ノエルも外で待ってるよ」

「なんだって⁉」

ロイドは緊張を高めた。

ランディの表情も、いつものにやけ顔から、ひきしまったものに変わる。

「わざわざ呼びに来るなんざ、よっぽどの急ぎか？」

「全員が揃ったら現地に向かいながら話すよ」

ワジが入り口のほうへと向かう。

ロイドはランディと共にならんで追いかけた。


百貨店の外に出る。

店の前に、支援課の導力車が待っていた。

エリィたちは、もう乗りこんでいる。

運転席側の窓からモスグリーンの帽子をかぶった少女が、手を振った。

「ロイドさん、こっちです！」

「ああ！」

ノエル・シーカー曹長は警備隊に所属しているが、現在は、特務支援課に出向している。

武器の扱いだけでなく、運転技術も優れているため、たいてい導力車のハンドルは彼女が握っていた。

とある事件を解決したご褒美……というわけでもないだろうが、支援課にも導力車が支給されたのだ。それだけ期待されているということだろう。

急いでいる状況では、とくに助かる。

今のように。

すでに状況を把握しているノエルがクルマを発進させる。

支援課メンバー六名と、キーアが乗っているのを確認して、ロイドはうなずいた。

「ワジ、状況を説明してくれ」

「ja.《ヤー》先ほど、支援課ビルに直接、クロスベル国際銀行《IBC》から支援要請があった。連絡してきたのは、あのマリアベル嬢だよ」

「ベルが……」

つぶやいたのは、エリィだった。

マリアベル・クロイスはＩＢＣ総裁の娘で、父親が新市長になったため、ＩＢＣの事業運営を一手に引き受けている。エリィとは幼馴染みで親友の間柄だ。困っているなら手助けしたいと思うのは当然だろう。

ワジが説明を続ける。

「ＩＢＣに来てくれという話でね。大事件というわけではないけど、急ぎの要件らしいよ」

「詳しくは現地で、というわけか」

「僕とノエルだけでもよさそうだったけど、ＩＢＣに行くなら、百貨店は途中だからね」

「合流できてよかったよ。なにかあっても導力車がないと、すぐには駆けつけられないしな」

　ロイドの言葉に、ワジが微笑んだ。

　運転席からノエルが声をかけてくる。

「はい！　到着しました」

　ＩＢＣ玄関前にクルマをつけて、ロイドたちは外へ出る。

「あたしはキーアちゃんと待ってますね」

「ありがとう、ノエル」


　大きな玄関扉をくぐって、ロビーに入る。

　あいかわらず広い。

　エレベータホールのソファ前にふたり。金髪をくるくる巻いた髪型のマリアベルと、壮年の男性がいた。

　ロイドたちは駆け寄って尋ねる。

「どうしましたか!?」

　安堵したような笑みをマリアベルが浮かべた。

「お待ちしていましたわ」

「おお、あなた方が特務支援課ですか!?」

「ええ」

　壮年の男性が、祈るように手を合わせる。

「私はクロスベルの郊外で工場を経営している者です。今日は工員たちのボーナスを引き落としに来たんですが……そのミラを入れたカバンを持って行かれてしまって……」

「なんですって!?」

　ロイドだけでなく、他の支援課メンバーたちも驚いていた。

「それは、大変お困りでしょうね……」

　エリィが言えば、ティオがうなずいて。

「……事件です」

「置き引きってやつか？」

　とランディ。

ワジが肩をすくめた。

「でも、ＩＢＣなら防犯カメラがあるんじゃない？」

「そのとおりです」

マリアベルが銀色のアタッシュケースを出した。

「持って行ったのは、うちと何度も取引のある顧客で共和国の方ですの。身元の確かな紳士ですし、防犯カメラの映像によると、どうやら似たようなアタッシュケースだったので間違えてしまったようですわね」

事件といえば事件だが、手違いによるトラブルだったらしい。

「つまり、そのマリアベルさんの持っているのが、間違えて持って行ってしまった紳士の、本来の持ち物ということですか？」

ロイドが確認すると、彼女がアタッシュケースを渡してきた。

「そういうことです。ロイドさん、悪いですが、この荷物、届けてくださらないかしら？　この時間なら、まだタングラム門は出ていません。あちらは今日の夜までに、その書類を持って国に戻らなければいけないハズですの。そして、こちらの社長さんも……」

「お願いします！　今日の終業時間までにミラがないと、ボーナスが払えません！」

「わかりました。すぐにタングラム門に向かいます。全力を尽くすので待っていてください」

深々と頭をさげる社長に、ロイドは力強い言葉をかけ、仲間たちを外へとうながす。

状況が状況なのでマリアベルとエリィに個人的な会話はなかったが、互いに視線を交わしていた。

ＩＢＣを出ると、もう導力車が外へ向いて待っていた。

ロイドたちはクルマに乗りこむ。

「どこに行きますか？」

尋ねてきたノエルに答える。

「タングラム門へ！　急いでくれ！」

「おやすいご用です！」

言うなり、導力エンジンがうなりをあげた。

キュッと小さくタイヤを鳴らして、発進する。

「フフ……安全運転で頼むよ？」

ワジの言葉に「もちろん」とノエルは返したが、いつもよりはスピードが速い。

「キーア、しっかり掴まってください」

「うん！」

ひとつのシートをふたりで使うティオとキーアが、お互いに掴まり合う。シートベルトもあるし、大丈夫だとは思うが。

ロイドは預かり物のアタッシュケースを、しっかりと両腕で抱えるのだった。


タングラム門――

導力車が到着すると、今度はワジが残るという。

「ここはノエルのほうが詳しいだろ？　僕がキーアと待ってるよ」

「わかった」

ロイドはアタッシュケースを持ってクルマを降りる。

キーアが申し訳なさそうにして。

「ごめんね、ワジ」

「いいさ。こういう堅苦しい場所は苦手だしね。百貨店には、なにか面白いものが売ってたかい？」

「うん、ツァイトの首輪を買ってもらったの！」

「なるほど、それはきっと喜ぶだろうね。何色にしたんだい？」

　導力車のなかでお話ししているワジとキーアを残し、ロイドたちはタングラム門へと向かった。

　ゲートの左側にあるカウンターにいる隊員に話しかける。

　ここは、ノエルに任せることにした。

「おつかれさまです、オリバー隊員」

「おや、ノエル曹長じゃありませんか。おつかれさまです。今日は支援課の任務ですか？」

「はい。通行者リストを調べて欲しいのですが……」

　ノエルから、探している相手の名前を伝えてもらう。

　オリバー隊員がなにか思い当たったらしい。

「あ、その人なら、別室にいますよ」

「え？　なにかあったんですか？」

「申請なしに大きな額のミラを持ち出そうとしたので、取り調べ中です」

「あっ、なるほど」

　犯罪防止や関税のため、高額なミラや物品を持ち出すには申告と身分証明が必要となっている。

中身は書類だと思っていたアタッシュケースに、たくさんミラが入っていたら、取り調べとなるのも当然だろう。

ロイドたちが別室に行ってみると――

予想通り、困惑した様子の紳士が、冷や汗を流していた。

「本当に知らないんです。どうして私のカバンに、こんなにミラが……しかも大切な書類はなくなっているし……」

「うーん、そう言われても困ったであります」

弱り顔の警備隊員にノエルが声をかける。

「ちょっといいですか、ジャック隊員」

「ん？　あっ、ノエル曹長！　おひさしぶりであります！」

「おひさしぶりです。こちらの紳士の身分証明と、そのミラの入ったアタッシュケースの引き取りに来ました」

「えっ⁉」

驚いた顔をするジャック隊員と紳士に、ロイドのほうから事の顛末を説明した。

「――というわけで、そのミラの入ったアタッシュケースが、とある工場の社長さんの物であることは間違いないと思います」

「そ、そうだったのか！　ああ、私は、なんという間違いをしてしまったのか……」

　紳士が頭をかかえる。

　ジャック隊員は胸をなでおろした。

「なんにしても、ミラの持ち主もわかったし、この人の身分もはっきりしたから、よかったであります」

「アタッシュケースが戻れば、とくに問題にはしないとのことですから」

　落ち込んでいる紳士をエリィが元気づける。

　ランディはミラの入ったアタッシュースを預かり、口笛を吹いた。

「たんなる書類が、こいつに化けたら、たしかに驚くだろうな」

「念のため、数えさせていただきます」

　ティオの言葉に紳士がうなずいた。

　ロイドは懐からエニグマを出し、状況をマリアベルに報告することにした。

　ＩＢＣの受付を経て、彼女へと繋いでもらう。

『おつかれさま、ロイドさん。追いつくことはできたかしら？』

「はい。今、ミラを確認しているところです」

『さすがは支援課ですわね。いつもながら手際がよくて助かります』

　問題なくすべてのミラがあることを確かめてから、ロイドは書類の入ったアタッシュースを紳士へ手渡した。

　彼は深々と礼をする。

「その社長さんには、後日、改めて謝罪に伺わせていただきます」

「伝えておきます。道中、お気をつけて」

　紳士はタングラム門のゲートをくぐり、共和国へと帰っていった。

　今度はミラの入ったアタッシュースを抱えて、ロイドたちはＩＢＣへと戻る。

　何度もお礼を言う社長を見送り、マリアベルからも感謝され、ようやく、ひとつの支援要請を達成した。

　ＩＢＣを出たところで、エニグマに通信が入る。

「はい、こちら、ロイド」

『あ、フランです』

「やあ、どうかしたのかい？」

　フラン・シーカーは警察本部のオペレーターを勤める女性警察官だ。ノエルの妹でもある。

『鉱山町マインツから、緊急の支援要請が入りまして。行けそうですか？』

「マインツから？　もちろん、行かせてもらうよ」

『バス停の、すぐ近くに大型の魔獣が出たらしいです』

「わかった」

　エニグマをしまい、みんなに話を伝える。

　すぐに向かおう、ということになった。

「キーア、もうすこし出かけることになるけど……大丈夫か？」

「うん、へいき！」

「今度は私が一緒にいます」

　ティオが請け負って、魔獣退治は他の五人でやることにした。

　導力車で鉱山町マインツへと向かう。


　クロスベルの街を西日が赤く染めている。

　結局、ロイドたちが支援課ビルに戻ってこられた頃には、もう夕方になっていた。

「ふぅ……今日はいつにも増して忙しかったな……」

「本当ね」

　ロイドの疲れた声にエリィが苦笑した。

ようやく、百貨店で買った物を開けられる。

一足先に自室へ戻っていったランディが、紙袋を持って降りてきた。

「ちょいと出かけてくるわ」

「あ、そういえば、約束があったんだったな。時間、大丈夫か？」

「先輩、送りましょうか⁉」

ロイドとノエルに、ランディが手を横に振った。

「いや、そんなギリギリでもねえよ。ちょっと早いくらいだ」

「それならよかった」

「じゃあ、あたしは導力車を洗ってきますね。今日は、いろんなところを走ったから泥だらけになっちゃってるし」

「おう、そうしてやんな」

「フフ……余裕があるなら、シャワーくらい浴びて行ったらどうだい？　それとも、向こうで浴びるのかな？」

くすくすと笑うワジに、ランディが肩をすくめる。

「そんなんじゃねえよ。もちろん、シャワーくらい浴びてくっての」

ランディは紙袋を応接スペースにあるソファのうえに置くと、風呂場へと向かった。

キーアがやってくる。

「ツァイト、今日ね、百貨店で首輪を買ってもらったんだよ！」

紙袋を見せた。

「ウォン！」

ツァイトが鳴く。

「えへへっ、かわいいんだよ〜」

「グルル……ウォン！」

はたはたとツァイトが尻尾を振った。

そのとき、エリィが台所から声をかけてくる。

「ロイド、夕飯の準備をするのだけれど、ちょっと手伝ってもらっていいかしら？」

「ああ、もちろん」

「あ！　キーアも手伝う！」

「ほんと？　ありがとうキーアちゃん」

「うん！　えっと、ツァイト、ちょっと待っててね！」

「ウォン」

かまわないから行くといい——といった様子でツァイトは伸びをすると、ふたたび丸くなって目を閉じた。

キーアは応接スペースの机のうえに紙袋を置いて、台所へ。

ほほえましく思いながらロイドも手伝いをしに顔を出す。

こうして、ロイドとエリィとキーアは料理。

ノエルは洗車。

ワジとティオは自室に戻り、応接スペースには丸くなっているツァイトだけになった。

シャワーを浴びたランディがやってくる。

「やべえな……思ったより時間かけちまった。待たせると、うるさいからなぁ」

応接スペースの机のうえにあった紙袋を手に取り、彼は繁華街へと足を向けるのだった。


夕飯のあと――

キーアは応接スペースに置いておいた紙袋を手にして。

「ツァイト、今、つけてあげるね！」

「ウォン！　グルル……」

「あれ？」

使い終わった食器を台所に運んだロイドは、紙袋を手にして固まっているキーアを見かけた。

「どうしたんだい？」

「あ、ロイド……あのね、これなんだけど……」

「今日、買ってきた首輪だろう？　なにか問題があったのか？」

「ミシュラムって書いてあるみたいなんだけど……百貨店は違うよね？」

「とくに、ミシュラムには関係なかったと思うけど……」

手に取ると、たしかに首輪というには軽すぎる気がする。

そもそも、中に箱が入っている感じだ。

プレゼント包装はしてもらったが、こんな立派な包装ではなかった覚えがある。

ロイドは念のため紙袋をやぶかないようにして、開けてみることにした。

キーアが不安そうに見つめている。

中を確かめて、ロイドは息を呑んだ。

「これは……!?」

「な、なんだったの、ロイド!?」

「たぶん、ランディのだ！」

「あ……」

ただならぬ様子に、食器を洗っていたエリィとノエルがやってきた。

導力端末をいじっていたティオもだ。

ロイドの周りに、エリィ、ティオ、ノエル、キーアが集まる。

どうやら自分の役目はないと思ったのか、ツァイトは端のほうで寝そべった。

もう一度確かめてから、ロイドは結論づける。

「この紙袋は、ミシュラムの宝石店で使われていたものだと思う」

エリィが首をかしげる。

「ロイド、どうして、ミシュラムの宝石店の紙袋なんて知ってるのかしら？」

「えっ⁉」

「……誰かに買ってあげたことがあるんでしょうか？」

ティオがジト目になっていた。

ノエルが首をかしげる。

「たしかに、不思議ですね？」

「……どうやら、ノエルさんではないようです」

「そうみたいね」

階段を下りてくる足音がした。

「なんだか騒がしいじゃない、どうしたんだい？」

「ああ、ワジ」

「ん？　珍しいね、そんなふうに女の子に囲まれて……いや、君の場合、それほど珍しくもないのかな」

「べつに囲まれてるわけじゃ……」

しどろもどろにロイドが言う。つつっと女性陣が赤面して距離を取った。

「そうよ、べつにロイドを囲んでたわけじゃないのよ」

「……事件です」

「あ、そうなの。ロイドさんがミシュラムの宝石店の紙袋を知っていたという……」

ノエルの言葉をエリィが訂正する。

「そうじゃなくって。ランディが間違えてミシュラムで買ったプレゼントを置いて行っちゃったらしいのよ」

「首輪、持って行っちゃったの！」

キーアがつけ足した。

ため息まじりにロイドが頭をかく。

「途中で気づいてくれればよかったんだけど……もう一時間は経ってるからな」

「追いかけましょう！」

ノエルの提案に反対する者はいないが、エリィは表情を曇らせる。

「ランディがどこにいるか、わからないと」

「導力通信は試してみたかい？」

「あっ、そうか！」

　ワジの問いに、ロイドはエニグマを取り出して、ランディに連絡してみる。

　しばらく待ったが。

「…………だめだ。もしかして、導力を切ってるのかもしれない」

　ワジが首をひねる。

「デートだと、そういうシチュエーションもありそうだけど、ちょっと時間が早いかな。導力通信の届かないレストランの可能性が高いね」

「そういう店もあるのか」

「多くはないけどね」

　待機中ならともかく、休暇のときであれば、通信が届くところにいなくても仕方がない。

　ロイドは思案する。

「多くないといっても、全部の店を回っていたら、ランディがプレゼントを渡すのに間に合わないよな」

「うん……クロスベルで気合いの入ったデートをするなら、繁華街のレストランだと思うけど？」

「そういえば〝店を押さえておく〟と言っていたのが聞こえたな」

ティオが導力端末のところへ向かう。

「……つまり、ランディさんは繁華街の店を予約したということですね。高級レストランであれば、予約リストを導力端末で管理している可能性が高いです。ネットワーク側から調べてみましょう」

「そんなことができるのか⁉」

「……緊急事態ですから」

ティオは無表情なまま、ぽつりとつぶやいた。

端末のキーボードをマシンガンのように細い指が叩く。

画面を無数の情報が流れる。

やがて、レストランの一覧が出てきた。

「……ワジさん、このなかで可能性の高い店は、わかりますか？」

「もちろん。僕はこの街《クロスベル》の高級店ならすべて把握してるからね」

「……確率の高い順に当たっていきましょう」

「ああ。ここと、ここと、ここと……」

「該当ナシ……該当ナシ……該当ナシ……」

エリィが首をかしげる。

「うーん、本当にいいのかしら？」

ノエルは戦闘時のような真剣な表情をしている。

「ランディ先輩の緊急事態ですからね。それにミレイユ三尉もです」

「たしかに、デートで犬の首輪を渡されたら、ビックリするでしょうね」

「ビックリで済めばいいですけど、ショックだと思います」

「そうね。緊急事態だわ」

熱を帯びた支援課メンバーたちの様子を、応接スペースの隅で、キーアはツァイトの背をなでながら見守っていた。

「だいじょうぶかな？」

「グルル……」

「うん？　そうだね、すぐ首輪も戻ってくるね、ツァイト」

「ウォン！」

ティオの指が、タァンとキーを叩いた。

「ビンゴです……該当者アリ、予約は二名。場所は——」

クロスベル市繁華街、高級レストラン《プレミアム》三階。

清潔感のある白を基調とした店の中央には、小さな噴水がある。

優雅な音楽が奏でられ、精緻な意匠のテーブルには薔薇が飾られていた。

ため息をついて、ミレイユは窓の外を見る。

繁華街の煌めきのなかにアルカンシェル劇場が浮かんでいた。

「ふぅ……なんだか……物語の国に来たみたい」

「緊張しちまうか？」

「そうかも。いつもは、埃と硝煙にまみれてライフル抱えて走り回ってるもの」

「そーいうのも似合ってるが、今日の格好も悪くないぜ」

「ば、ばか。からかわないでよ」

文句を言いつつも、内心でヨシッと思ってしまうミレイユだった。

今日は、さんざん悩んだ結果――首もとの開いた水色のセーターワンピースを選んできた。

いつか使う日もあろう、と買っておいたものだが、いざ着てみると肩とか胸元が露出しすぎて抵抗があったので、青いスカーフを巻いている。

丈もちょっと短めだったので、グレーのタイツをはいていた。

そして、靴は無理してハイヒールにしてきたが。

歩きにくい。

山中行軍の訓練かと思う。

転んだら恥ずかしくて死んでしまいそう。

なんでもないタイル張りの道が、地雷原に変わる。

売り場の店員は、慣れれば大丈夫ですよ～と笑っていたが、装備に身体を合わせろ、ということか。警備隊では左利きでも右手で拳銃を扱うように矯正されるが、それと同じか。

「オシャレって訓練に似てるわよね」

「なに？」

「あ、いえ……それより、こんな高そうな店、大丈夫だったの？」

「心配すんなって、そこまで安月給じゃないからよ」

運ばれてきた料理は、どれも満足できる味つけだった。オードブルには魚の赤身と豆腐のお造り。

次は、ワイングラスに注がれた透明なスープ。

「繊細な味わいね」

「いいだろ？」

「野戦食とは大違いだわ」

「それと比べるのは、どうかと思うがな」

笹の葉でくるまれた鱈とホタテのバター蒸し。香ばしさに目眩がする。

「お、おいし～」

「はは……そうだろ？」

いつもは素直に言えないミレイユも、これには賛辞を惜しまなかった。

メインのパスタと肉料理も絶品だった。

食事がひとだんらくして、お互いの前にはデザートのプリンとグラスだけになる。

ランディが紙袋を差し出してきた。

「これ……話してた、ミシュラムの土産な」

「あ、うん」

「おや？」

差し出したランディが、怪訝な表情を浮かべた。

紙袋を見つめる。

「どうしたの？」

「あ……いや……なんかな……？」

「あの、あまり高い物だったら、私は……」

「いや！　そういうんじゃねえんだ。昇進祝いだと思って、受け取ってくれ」

「……うん。あ、あり、ありが……」

「蟻？」

「んんっ、そうじゃなくて！　その……ありがとう」

消えそうな声で言って、ミレイユは紙袋を受け取った。

開いてみる。

銀色に光っていた。

思ったよりも大きい。腕輪？　いや、もっと大きい。

もしかして、ベルトかも？　革でできているし。

でも、それにしては短い気がする。

いくらミレイユが引き締まっていても、これを腰に巻ける自信はない。

金属プレートに《POLICE DOG》と書かれていた。

「なっ⁉」

ミレイユは目を見開く。

――これ、首輪だ‼

しかも大型犬用。

ランディが頬をぽりぽりとかく。

「まぁ、趣味じゃねえかもしれないが……」

「あ……うん……」

こういう趣味は持ち合わせていないし、そう誤解されるようなことをした記憶もない。

ランディの趣味……なのだろうか？　その線はありそう。

あるいは、皮肉だろうか？

首輪。

犬。

飼い犬。

そう言われても仕方がないような事件があった。警備隊の人手不足から昇進したものの、ミレイユの心に重くのしかかっている失態。

昇進は、より責任ある立場で汚名返上せよ、という意味だと捉えてがんばっているけれど……ランディは、どう感じているのだろうか？

訊いたことがなかった。

あまり階級とか気にしない人だと思ったし。

あの事件については――ミレイユは被害者だとか、立場的に仕方なかった、気にするな、失敗したと思うなら取り戻すつもりで努力しろ――そうランディから言われたから。

信じていた。

彼が不安そうな顔をする。

「なあ、ミレイユ、どうした？　気に入らなかったら、無理しなくてもいいぞ？」

「わ、私……わからないの……」

「なにが？」

「頭のなか……ごちゃごちゃだわ。ランディのこと、ぜんぜん、わからなくて……」

「そ、そんなに⁉」

ランディが腰を浮かせた。

冗談を言っている様子はない。

なにか深い意味があるのだろうか？　ミレイユにはわからなかった。

「ほんとに……どういうことなのか……私……今日は、頭、冷やしたいから……」

席を立つ。

「おい、ミレイユ……どうして？」

「ごめんなさい。帰ってよく考えてみる」

「ちょっ……待てって！」

笑って「バカだな、冗談だっての！」なんて言ってくれれば、止まれたかもしれない。彼の真剣な表情に、逆に混乱は加速してしまった。

逃げるように店の外へと走る。

ハイヒールのせいで足元が不安定だったけれど、これ以上ランディの前にいると、言いたくないことまで言ってしまいそうだった。

エレベーターを待つのももどかしく、階段を使って駆けおりる。

ビルを飛び出し、繁華街を抜けて。

気がつけば、バス停も通り過ぎていた。

「……西の街道だ」

ミレイユはつぶやいた。街灯もない西クロスベル街道を歩いていく。

もう市外だから魔獣が徘徊しているはずだった。

装備はなにもない。

手にしているのは首輪の入った紙袋だけ。

それと、小さなハンドバッグ。中には最低限の化粧道具とハンカチくらい。

小型の導力銃すら入っていなかった。こんなふうに帰るなんて思ってもみなかったから。

結局、ランディは追いかけてこなかった。

からかわれたのだろうか？

ひどいなあ、と思う。

もしかしたら、ミレイユのほうがいつもみたいに怒って返したらよかったのだろうか？

あるいは、なにか前向きな意味があるのだろうか？　それくらいは訊いてみればよかったかも……

頭に血がのぼってしまって冷静な判断が下せなかった。

今からでも戻ったほうが？

真っ暗ななかで、がくん、と足元が滑った。

「あうっ⁉」

そんなに足場が悪かったかしら、と視線を落とす。靴のヒールが妙な角度になっていた。

「これ……折れてる？」

舗装された道をしずしずと歩くためのオシャレな靴だ。

警備隊員であるミレイユが全力で悪路を走ったら、壊れるのも無理はない。

「……買ったばっかりなのに……ほんとに、私って……女らしくないなぁ」

ずっと耐えてきたのに、とうとう目元が熱くなった。


ロイドたちは高級レストラン《プレミアム》を訪れた。

ここをランディが予約していたことは、ティオの調べで判っている。

繁華街の一角にある細長いビルだ。その玄関前に、ノエルは導力車を停めていた。

着いたとき、ちょうどミレイユが走り去っていくのが見えた。

それからしばらくして——

ランディが出てくる。焦った様子で周りを見渡した。

ロイドは駆け寄る。

名前を呼んだ。

「ん？　あれ、ロイドじゃねえか。どうしたんだ、こんなところで？」

「すまない、遅くなった！」

「なんの話だ？　悪いんだが、今、ちょっとばかり急いでてよ……」

「これだろ？」

ロイドは紙袋を出した。

ランディが目をしばたたく。

「あれ？　その紙袋は……どういうことだ？」

「実は、ランディが持っていったのは、俺が百貨店で買ったツァイトの首輪だったんだよ！」

「おいおい、マジかよ⁉」

飛び上がる勢いだった。

無理もない。

「ソファのうえに置いただろ？　それなのに、机のうえにあった紙袋を持って行ったんだ」

「うげ⁉　しまった……そういうことだったのかよ！」

「ミレイユ三尉、怒らせたのか？」

「怒らせたというか、泣かせたというか……まぁ、ようやく急に帰った意味がわかったぜ」

「たぶん、タングラム門に向かったんだと思う。ここに到着したとき見かけたから、ワジに追ってもらってるんだ」

ロイドはエニグマを取り出した。

「…………」

『やあ、そろそろ連絡が来る頃だと思ってたよ』

「ミレイユ三尉は？」

『西クロスベル街道だよ。そろそろ橋を渡るところさ。女性のひとり歩きには向かない場所だし、早く来たほうがいいんじゃない？』

ロイドはランディのほうを見る。

彼はうなずいた。

「ああ、聞こえたぜ。いろいろ、ありがとうよ！」

駆けだした彼のほうへ、ノエルが導力車から声をかける。

「ランディ先輩、送りますよ!?」

「サンキュ！　でもここまでしてもらって追いかけるのまで人任せじゃ情けねえ。これ以上、あいつに格好悪いとこ見せたくないんでな。気持ちだけもらっとく！」

「あ……了解です！」

ノエルは導力車のなかで警備隊式の敬礼をして、ランディも軽く右手をかざして返した。

左手には、今度こそプレゼントの紙袋を持っている。

走り去るランディを見て、ティオが目を丸くした。

「……ランディさん……速いです。もしかして、シルフィードの魔法《アーツ》？」

エリィが首を横に。

「いつも大きくて重たいスタンハルバードを持っているから遅く見えるだけじゃないかしら？

私も鍛えているつもりだけど、あれは持つだけでも、けっこう大変だと思うわ」

「なるほど……さすがは元警備隊です」

ティオが感心している間に、赤毛の青年の姿は繁華街から消えていた。

ロイドのエニグマから、ワジの声が聞こえてくる。

『やれやれ……もう、お役ご免かな？』

「そうみたいだな。あの調子なら、すぐ追いつくだろう」

『せっかく外に出てきたし、僕は夜遊びして帰るよ。ロイドも行くかい？』

「はは、やめておくよ」

『振られちゃったか。仕方ない、また今度だね。おやすみ、ロイド』

そう言って、ワジからの通信は切れた。

　きっと朝方に帰ってきて、朝食のときには平然とした顔をしているだろう。

　ロイドはエリィとティオと、導力車へ乗りこむ。ノエルが導力エンジンのスイッチを入れた。

「もう出しちゃっていいんですか？　ワジ君は？」

「ワジは寄り道して帰るそうだ」

「まったく、仕方のない人ね」

「……戻りましょう、キーアが待っています」

「はい、そうしましょう！」


　ひたひた、と夜の橋のうえをミレイユは歩く。

　結局、片方だけハイヒールだと歩きにくいので、両方とも脱いでしまった。

　壊れた靴をぷらぷらさせて。

　この調子だとタングラム門につくのは朝方かもね、などと思いながら。

　ヴゥゥゥゥン……

「え？」

夜闇のなか、ぞわりと背筋を冷たくする羽音がした。

ぬめりとした体が空中で、月の光に反射する。

赤い目玉が光った。

蠅のような頭と蜂のような胴体。耳障りな羽音をまき散らして向かってくる。

尾についた槍の穂先のような針が、ミレイユのほうを向いていた。

「くっ⁉ ブラックハンター⁉」

普段の装備ならば、まったく問題にしない相手だが、今は武器がない。

素手でも負けるとは思わないが、あの魔獣は毒を持っているのだ！

今日は戦術オーブメントを持ってきていない。魔法による回復はできない。かすっただけでも、大変なことになる！

「攻撃を受けるわけにはいかない……‼」

身構えたミレイユに、魔獣が襲いかかってきた。頭上から羽音が迫る。

——躱して、反撃を叩きこむ‼

身を低くして避けたところまではよかったが、左足に鋭い痛みが走った。

「痛ッ⁉」

踏みこんだときに、尖った石かなにかを踏んだらしい。

素足での戦いが、これほど難しいなんて。

こんな有様では戦えない。

羽音が再び頭上から迫ってくる。

「うぅぅ……」

「――マグナブレイズ‼」

暗闇のなかで声がした。直後、羽虫の形をした魔獣の周囲に赤々と輝く炎が集まって。

爆発した。

ズゥン！　と空気を震わせる衝撃。

魔獣が消え去る。

一瞬だけ照らされた橋の先に、赤毛の青年の姿があった。

月明かりだけの夜闇に戻る。

もう羽音はしなかった。

こつ、こつ、と足音が近づいてくる。

「すまなかったな、待たせちまって。ケガはないか？」

「……ないわよ、あんなの相手に」

「左足を痛めなかったか？」

「見てたわけ⁉」

「エニグマの駆動中だったんでな。俺も武器を持ってきてなかったし、相手は飛んでたからな」

「そうね……妥当な判断かも。まぁ、その、助かったわ……それで、なにしに来たのよ？　こんなところまで」

「間違ったことを謝りに。あと、ちゃんとしたほうを渡しになー」

「え？」

　わずかな月明かりのなか、ランディが紙袋を差し出す。

「こっちが、本当の昇進祝いだ。さっき渡したやつは……支援課ビルを出るときに間違えて持ってきちまったらしい」

「ま、間違えて⁉」

「ツァイトのためにキー坊がねだって、ロイドが買ってきたんだと」

　名前だけは、前にランディから聞いたことがあった。

「たしか、警察犬よね、ツァイトって」

「そういや、見たことなかったか？　なんにしても、犬用の首輪なんかプレゼントするわけないだろ。変だと思わなかったのか？」

「そりゃ……思ったわよ！」

「言ってくれりゃ、その場で謝って済んだのによ」

「でも、これは、あのとき……自分で判断できなかったことへの皮肉なのかと思って」

　警備隊の上層部に不信感を持っていても、与えられたものが何であるか判断することなく、ただ命令を聞いてしまった。その結果、自分は大きな過ちを犯したと思う。

　ランディが肩を落とした。

「はぁ〜〜〜、俺がそんな回りくどい性格かっての。下らない皮肉のために首輪まで用意するかよ」

「も、もしくは、変な趣味でもあるのかと……」

「ない！　おまえは俺を誤解している！　俺はいたって健全な色男なんだからな！」

「……うん」

「あ〜いや、色男ってところは、笑っていいんだぞ？」

「え？　あは……なによ、いつも自分で言ってるくせに！　えっと……それじゃあ、返すわね」

　ずっと握りしめていた首輪入りの紙袋を返す。

　そして、改めてランディからプレゼントを受け取った。

「……あ……あり……」

「お礼を言うのは、見てからにしてくれや」

「そうする」

　紙袋を開く。

　夜の暗闇のなかでは黒色に見えるが、おそらくは藍色をした宝石箱だろう。

「あ、開けるわね」

「おう」

おそるおそる開いた。

月明かりに照らされて、銀色に輝く。

それは、素敵なブローチだった。

中央に緑色の宝石がはまっていて、夜空の星をもらったかのよう。

「これ……私に……？」

「さすがに、これで間違ってたら、俺はウルスラ病院で看てもらってくるぜ」

「あはっ」

先ほどまでの暗い気持ちが、一気に吹き飛んでいた。

じめじめして、不気味だった夜の街道が、ロマンチックにさえ思える。

「あはは……やだ、そんな……いいの？　本当に？　もう返さないわよ？」

「そんなに気に入ったか」

「えっ⁉　あ、いえ、そ、そ、そういうわけじゃ……せっかく選んでくれたから受け取るのよ。そ、それだけなんだからね⁉」

「おう、無くしたりすんなよ」

「子どもじゃないいんだから大丈夫よ」

たしかに、つけていたら、壊したり、なくしたりしそうだ。

自分は、そういうところがある。

凝った意匠で綺麗だけれど、階級章のように金属の板というわけではない。あまり頑丈ではないだろう。

いざというときだけ使うようにして、大切にしまっておこう、と思う。

「……いざというときが……あるといいけどなぁ」

「ん？　どうした？」

「あ、いえ、なんでもないの」

「ふぅ～、とにかく、市内のほうへ戻ろうぜ。ここからタングラム門じゃ遠すぎるし。途中のバス停までだって、かなりの距離だ」

「うん」

「百貨店の靴屋に行くか？　まだやってるはずだし」

「そうね。はだしで帰ったら、なにがあったかと驚かれちゃいそう」

「よし、市内まで背負ってやるよ」

「えっ⁉　へ、へいきよ！」

「無理するなって、こんな石だらけのとこ、危ねえ」

「だいじょ……あっ⁉」

また左足に痛みを感じて、ミレイユはバランスを崩した。

こんどは伸びてきた手に支えられる。

抱きとめられて。

すぐ目の前に、ランディの顔があった。

心臓の鼓動が加速する。

「あ、あの……」

「なんだ？」

夜の鉄橋を風が吹き抜けていった。

「……ありがとう」

# 第2話

# 『クロスベルの休日』

西ゼムリア通商会議。

ディーター・クロイス新市長の主催した経済関連の国際会議で、帝国、共和国、リベール、レミフェリアの首脳が一堂に集まった。

自治州クロスベルの未来を決める大切な会議だったのだが、各国の思惑が交錯して事件が起こり、友好的とはいえない雰囲気での幕切れとなってしまった。

大きなうねりに呑みこまれ、クロスベルの街は緊張に包まれている。

それでも、俺たち特務支援課は、目の前で困っている人たちの為に全力を尽くす。

いかに小さなことであろうと、その積み重ねこそが、クロスベルの内外にある〝壁〟を打ち砕くことに、繋がってると思うから……

「おつかれさま、ロイド。式典は緊張するわね」

パールグレイの美しい少女、エリィが声をかけてきた。

特務支援課の頼れる才媛であり、マクダエル議長の孫娘である。

「ああ、本当だな。でも、エリィはこういうのに慣れてるんじゃないか？」

「祖父の仕事柄、フォーマルな場に呼ばれることは多いけど、だからといって慣れるものじゃないわ」

「そういうものか」

　エリィの様子は、すっごく落ち着いているように見えたが……あれでダメなら、俺なんか、よっぽどそわそわして見えたんじゃないだろうか？

「さすがに、各国のトップともなると、あんな事件があっても堂々としたものね」

「ああ、大したものだよ」

　俺たちは式典会場である空港を後にする。

　今日は、エレボニア帝国のギリアス・オズボーン宰相と、カルバード共和国のロックスミス大統領の帰国を見送る式典があった。

　特務支援課が通商会議の警備に携わったので、その代表者として、俺とエリィが参列したというわけだ。

「ねえ、ロイド。このあとは用事ある？」

「いや……そういえば、セルゲイ課長から午後は休むように言われてたな」

　時計を見ると、もう午後一時だった。

「通商会議の前から、ずっと休みを取ってなかったものね」

「仕方ない。会議中は他の支援要請を受けられなかったからな」

　歴史的な会議が開かれて各国のトップが集まるとあって、大勢の外国人観光客が訪れ、市内では細かいトラブルが急増していた。

　逆に、警察も警備隊も要人の警護に追われ、街の治安維持は後手に回ってしまった。

「市民のことは、遊撃士たちが気を遣ってくれたみたいね」

「そうみたいだな。いつもありがたい」

「本当ね。けれども、また警察が仕事してない、って街の人たちに言われちゃうわね」

「う－ん、今回ばかりはつらいところだな。セルゲイ課長には休めと言われたけど……やっぱり、街を見回ったほうが、いい気がする」

「相変わらずね、ロイドは」

くすくす、とエリィが笑う。

我ながら生真面目すぎるとは思うが、これが性分だ。

「エリィはどうするんだ？　なにか予定が？」

「これから友人と街を見て巡るんだけど、よかったらロイドも一緒にどうかと思って」

「え？　お邪魔にならないかな？」

「むしろ、あちらが希望してるの。ロイドも知っている人よ。ロイドは私とふたりで散歩しても巡回みたいになっちゃうけど、他の人がいれば休暇になるでしょう？」

「なるほど、いいかもしれないな」

エリィとふたりで街を歩くのは魅力的だ。

べつに容姿だけが全てではないが、こんな綺麗な女性《ひと》と一緒にいると思うだけで、いまだに緊張することがある。

いつもの格好も似合っているが、今日は式典の参列ということもあって、街中でしか着られないような服装だった。

白いワンピースを腰のところでリボンで留め、ピンク色のジャケットを羽織っている。珍しく黒タイツではなく素足だった。

エリィと街を巡れたら、きっと楽しいだろう。

けれど、市民への配慮が足りてないと感じている今だと、彼女に指摘されたとおり、散歩というよりも巡回になりそうだった。

「このまま街を歩いて、どこかの店に入ったら、商品を見る前に〝何か困ったことはありませんか？〟と尋ねてしまいそうだよな」

「ふふ、ロイドらしいわね」

「エリィの言うとおり、他の人もいれば、ちゃんと休めるかもしれないな」

「無理にずっと一緒じゃなくてもいいから、お昼くらいは、どう？」

「気遣ってくれてありがとう。喜んで同席させてもらうよ」

それにしても、俺の知ってるエリィの友人って、誰だろう？

クロスベルの中心にある広場へとやってきた。

会議中のお祭りのような賑わいから一転、そこかしこで、自治州の将来について話し合う市民たちの姿が目立つ。

広場に出ている屋台のひとつに、エリィが向かう。

俺は後を追いかけた。

こちらを見つけ、ひとりのシスターが小さく手を振る。

「こんにちは、エリィさん」

「お待たせしました、リースさん」

待っていたのは、リース・アルジェントというシスターだった。

エリィが留学先のアルテリア法国で知り合った友人で、たしか俺たちの、ひとつ年上。十九か二十歳になると言っていた。

清楚な雰囲気のある落ち着いた女性だ。

「こんにちは。俺も同席してよかったんですか？」

「もちろんです。今回は私のほうからエリィさんに、誘ってもらえるよう、お願いしました。よろしくお願いします」

「こちらこそ……その、どういった理由で、俺のことを？」

「食事は大勢のほうが美味しいですから」

「なるほど」

まさか、本当にそんな理由ではないだろう。

何かしら〝後で真実を告げるから今は詮索しないで〟という意味だと受け取った。

なんせ彼女は、ただのシスターではない。

教会内でも特殊な組織――《星杯騎士団》の従騎士だ。

古代遺物《アーティファクト》の回収を目的としており、いくつもの特別な力を持っている。

この街《クロスベル》にも、調査のために訪れているらしい。

リースが、まるで空の女神《エイドス》の教えを説くような、静かで神々しい口調で言う。

「……ロイドさんはクロスベルの出身だとか」

「はい」

「地元の人しか知らないお店も、あるかと思いまして」

「え？　それは……食べ物の？」

「もちろんです」

「あの……ご期待に沿えるかわかりませんが……」

食べることが大好きな人だとは聞いていたが、予想以上に熱心だった。

まさか、本当に〝地元の店を知っていそう〟という理由で呼ばれたんだろうか？

エリィが肩を落とす。

「リースさんが、ロイドも連れて来て欲しい……と言うから、どうしてかと思ってたら……」

「明確な理由と的確な人選のはず」

ぼそっとリースが独りごちた。

ははは、と思わず笑い声をこぼしてしまう。

「まぁ、大丈夫だよ、エリィ。せっかく休暇をもらってるんだし、美味しいものを食べに行くのも悪くない」

「それもそうね」

エリィが微笑んだ。

リースが周りを見渡す。

「まず、このあたりで何か食べますか？」

広場には、いくつか屋台が出ていた。クレープやアイスクリームを売っている。

もう昼だし、てっきりレストランに行くのかと思っていたが、そういうのもいいだろう。

「リースさん、何か気になる屋台はありますか？」

「どれも悪くなかったです。なかなかの味でしたね」

過去形だった。

俺とエリィは首をかしげる。

「もう一通り、食べたことがあるんですか？」

「広場で待っていてほしいと言われたので……」

「ええ」

エリィがうなずいた。

リースが微笑みをこぼす。

「広場で屋台の物を、一通り食べて待っていました」

「えぇっ!?　全部!?」

「いえ、全部ではありません。クレープもアイスもポップコーンもカフェも、いくつも種類があるので、全メニューは無理でした……」

残念そうに言った。

どうやら、この広場にある屋台を一通り回った後らしい。

「あの、それじゃあ、お腹は、もういっぱいなんじゃ？」

「どうしてですか？」

冗談めかすこともなく本気でわからない、という顔をして尋ねられた。

こっちが聞きたい。どうしてお腹がいっぱいになってないんだろう？

さすがは、《星杯騎士団》の従騎士だ！

いや、あまり関係ないか。

「なんにしても、大丈夫そうなら、どこかお店に行きましょう。リクエストはありますか？」

「とてもお腹が空いているので、こってりしたものがいいですね」

けっこう食べたはずなのに……

聞いているだけで、こっちのお腹が膨れてしまいそうだった。

これは、生半可なところに連れて行ったら、がっかりされてしまうに違いない。

　俺はしばらく考えて——

「よし、龍老飯店《りゅうろうはんてん》に行きましょう」

「どんなお店なんですか？」

「東方の料理を出す店です。あ、辛いものは平気ですか？」

「辛いものも大好きです」

　俺たち三人は、東通りへと向かった。


　龍老飯店に向かう途中、遊撃士協会の前を通る。

ちょうど、知り合いが扉を開けて出てきたところだった。

逞しい体つきの男性で、茶色い髪を束ね、ピンク色のシャツの胸元をはだけさせている。鍛え抜かれた筋肉が見えていた。

　こちらを見つけて、ニッと笑みを浮かべる。

「あら、ロイド。ひさしぶりじゃない」

　彼はれっきとした男なのだが、女性みたいなしゃべり方をした。

「こんにちは、ミシェルさん」

「いいところに来たわ。お願いしたいことがあるの」

「えっ？　遊撃士協会が、支援課に……ですか？」

　もともと、遊撃士は街の便利屋のような側面を持っており、市民に厚く支持されている。それに倣って警察内に作られたのが、特務支援課だ。

　くねっ、とミシェルが、しなを作った。

「そうなの。とっても困ってるのよ〜」

　エリィは慣れているのだが、リースが目をすがめた。

「クロスベルには、こういう人が多いんですか、エリィさん？」

「ど、どうかしら？　私は、よく知らないけど……」

「そう……さすがは、魔都クロスベル」

　ミシェルが話を続ける。

「実は、さるお方にクロスベルを案内する仕事が入ってるのよ。もともとは、アリオスが引き受ける予定だったんだけど、急に別件が入っちゃったらしくて」

「そうなんですか」

「最近、とくに忙しい様子なのよね。何か聞いてないかしら？」

「俺もアリオスさんとは会ってないです」

「そう……」

「他のメンバーも手がいっぱいなんですか？」

「そうなのよ。リンとエオリアは気になることがあって調べてもらってるし、市民からの依頼もひっきりなしなのよね」

「なるほど。俺たちに手伝えることがあれば、いつでも言ってください」

「じゃあ、この件、お願いできるかしら？」

「詳しい話を教えてもらえますか？」

「ええ。ここじゃナンだから……」

ちょいちょい、とミシェルに手招きされ、俺たちは遊撃士協会の中に入る。

ドアを閉じると外の喧噪が遠くなった。それだけ中の会話も外に聞こえないというわけだ。

ミシェルが、リースのほうを見て首をかしげた。

「ところで、そちらのシスターは？」

「はじめまして。リース・アルジェントといいます」

「ああっ、あなたがそうなの。噂は聞いてるわ。愛想がよくて品があって博識なんですってね」

「そんな噂が？　ありがとうございます」

「他のことも聞いてるけど……ふぅん……〝アルジェント〟ね」

「はい」

品定めするようなミシェルの視線に、リースは静かな笑みを返す。

「まぁ、いいわ。ロイドたちのお友だちみたいだし」

エリィが首肯して請け合った。

改めて依頼について説明を受ける。

「依頼はクロスベルの観光案内よ。さるお方が政府の紹介した部分だけでなく、一般市民の暮らしも見たいと希望されてるの。アタシとしても先日の会議があんな幕切れになっちゃったでしょ？　このまま悪い印象を持って帰られたくないと思うのよね」

「もしかして、会議に参加されてた方なんですか!?」

「フフ、そういうことになるわね。広場に、十四時までに行ってもらえるかしら？　人手がないからアタシが行くしかないと思ってたけど、お願いできるなら助かるわ」

ミシェルは遊撃士協会の受付だ。事務所を空けてしまうと、いろいろと困ったことになるだろう。

「わかりました。引き受けます」

「ありがとう、恩に着るわ！　アタシから先方に伝えておくから、広場の鐘の前で待ってて」

「それで、先方の名前は？」

「フフ、会えばわかるわよ」

ミシェルが、ギュッとウィンクした。

遊撃士協会を出て、エリィとリースに相談する。

「俺はミシェルさんの依頼を受けるとして、エリィたちはどうする？」

「先方とリースさんがよければ、一緒に回ったらどうかしら？　クロスベルの観光という目的は同じなのだし、警察官の私たちだけより、教会のシスターの話も聞けたほうが、〝市民の暮らしが見たい〟という希望に叶うと思うの」

「私はかまいません」

「わかった。じゃあ、広場で会って、そこで訊いてみよう。約束の時間まで、もうあまりない」

「そうね。急ぎましょう」

「私は……早く美味しいものが食べられれば、なんでもいいです」

実は、あまり考えずに話してるんじゃないか？

一抹の不安を感じつつ、広場に戻るのだった。

広場の鐘の前につく。

まだ先方は来ていないようだ。貴人らしき相手の姿は見当たらなかった。

ハッ！　とリースが顔色を変える。

「あれを見てください！」

「えっ、何かありましたか⁉」

ただならぬ様子に、俺は警戒心を高めた。

エリィもジャケットの下に手を伸ばす。そこには、彼女の得意武器である導力銃が収めてあった。

リースが指さしたのは、ごく普通の屋台だ。

「スイーツの屋台です。さっきまでは、ありませんでした」

「あ、ああ……」

そういうことか。

俺は肩を落とした。

「そろそろ、オヤツの時間ですからね……特定の季節と時間にだけ出てる屋台もあるんですよ」

よく兄貴が買ってくれたっけな。懐かしい。

ほ～、とエリィが吐息をつく。

「驚かさないでください、リースさん」

「あら、驚かせましたか？」

「あの……」

すこし離れたところから、声をかけられた。

振り向くと、ライム色の髪の凛々しい女性が立っている。黒色のスーツに身を包んでいるが、見間違えようもない。

「ユ……ッ⁉」

思わず声をあげそうになり、なんとか呑みこんだ。

エリィも同じく。

要人の身辺警護をするＳＰの格好をした女性は、大陸全土で知らぬ者がいないほどの有名人だった。

ユリア・シュバルツ准佐。リベール王室の親衛隊リーダーを任されている士官。その凛々しい姿や華麗な振る舞いから、他国にまでファンが多い。

「あ、あなたがいるということは……」

その後ろに、視線を向ける。

薄紫色の髪の少女が立っていた。

ガウンを羽織り、膝まである紺色のスカートを履いている。

その立ち姿に漂う気品と美貌は隠しようもないが、服装だけなら、いかにも市井の少女らしい格好だった。

いつもは宝石で飾っている髪に、今日は花飾りをつけている。

クローディア姫だった。

リベール王国の姫で、次期女王として期待されている王太女。

「驚きました……」

俺は思わずつぶやいていた。

通商会議に出席していたＶＩＰとは聞いていたから、なんとか声をあげることは避けられたが。

にっこりと彼女が笑みをこぼす。

「私も驚きました。遊撃士協会の方から〝とびきり腕がよくて、クロスベルの街なら何でも知っている人物に案内してもらうことになった〟とは聞いていましたが、ロイドさんやエリィさんだったなんて」

過大な評価に、恐縮するばかりだ。

ユリア准佐も口元を緩める。

「元々、市内を見たいと殿下がおっしゃられたとき、最初は君たちに話を持っていこうと思っていたのだ。しかし、特務支援課は警察組織……呼び寄せての面会くらいならまだしも、市内観光など頼んだら警備だ交通整理だと大事になってしまうのではないかと危惧してね」

「たしかに、支援要請は警察本部でも確認していますから、とんでもない騒ぎになっていたと思います」

「そこで、遊撃士協会に頼んだのだが……よく気を回してくれたと言うべきか。それとも、これも運命の巡り合わせなのかな？」

「偶然だと思いますけど……ミシェルさんは、この街で長く遊撃士協会の切り盛りをしてる方ですから。もしかしたら、何か意図があったのかもしれません」

そう思えるほど、これは意外な再会だった。

あ、とエリィがリースを紹介する。

「こちら、クロスベル大聖堂のシスターで――」

「えっ⁉」

声をあげたのは、クローディア姫だった。ユリア准佐も意外そうな顔を見せる。

リースが丁寧にお辞儀した。

「おひさしぶりです、クローディア姫」

「あら、お知り合いでしたか？」

エリィの問いに、リースたち三人がうなずく。

「はい」

クローディア姫が笑みをこぼす。

「今日は喜ばしい再会の多い日です。それにしても、リースさん、たしか、ケビンさんと一緒のはずでは？　お元気かしら？」

「ケビンは元気ですが、この街に来ていません。本来ならば、様々な調査のため彼自身がクロスベル入りをするのが筋ではあったのですが……大司教の目があったので、代わりに私が情報収集役として派遣されています」

「なるほど。そういう事情があるのですね」

「もうロイドさんたちには話してありますが、街中では、私の素性は内緒でお願いします」

「心得ました。ちょっとドキドキしますね」

「はい」

普通のシスターの振りをする星杯騎士に、市井の少女の振りをするリベール王国のお姫様か。

俺は胃の痛くなる思いがした。

グギュギュ～、と地響きのような音があがる。

「ん？　なんだ？」

「あ……」

リースが困ったような顔をしているのに気付いた。

「どうかしましたか？」

「……私のお腹が悲鳴をあげている」

「そ、そうですか」

今のは、そういうことか。

くすくす、とクローディア姫やエリィが苦笑した。微笑ましい。

ユリア准佐が、改めて依頼を確認する。

「話は聞いてると思うが、君たちにクロスベルの街を案内してもらいたい。観光地などではなく、市民の日々の生活が知りたい、と殿下はご所望だ」

「わかりました……それでは、気取らないお店で食事などいかがでしょうか？ もう昼は済ませてらっしゃるかもしれませんが」

「フフ……そうだな。空腹の方もいらっしゃるようだし……ん？」

ふらふらと歩きだしたリースを、エリィとクローディア姫が追いかける。

「あ、あの、リースさん!?」

「どこ行くんです？」

スイーツの屋台の前だった。

「パフェのバスケットサイズをひとつ。大盛りで」

「かしこまりました～♪」と屋台のお姉さんが、バケツみたいな器に、どばどばとアイスを詰め、フルーツを乗せていく。

受け取ったリースは、目が据わっていた。

「フレークでの底上げなしのバケツサイズ……ボリュームは文句なし。味のほうは……むっ。甘すぎず、それでいて濃厚。フルーツも新鮮。さすがクロスベルのスイーツ。いい仕事してる」

ぶつぶつと独り言のように並べ立てる。

エリィがため息をついた。

「はぁ、リースさんてば……」

「私も頂こうかしら」

クローディア姫が、そんなことを言い出した。

「えっ？　屋台でお求めになるんですか？　歩きながら食べることになりますけど……？」

おそるおそる、といったふうにエリィが尋ねる。

はい、とクローディア姫はうれしそうにうなずいた。

「そういう経験、普段はできませんし。それに、とっても美味しそうなので」

「わかりました……じゃあ、私も一緒に」

なんだかんだ言って、女の子がスイーツを前にしたら買う方向で話がまとまるものらしい。

俺はユリア准佐にも水を向けてみる。

「買わなくていいんですか？」

「いや、私は遠慮しよう」

「やっぱり、ＳＰとして、気は抜けませんか」

「フフ……実は、甘いものが得意ではないのでね」

「なるほど」

PARFE

そんなところもクールな人だった。

エリィとクローディア姫が、ワンカップのパフェを購入する。

すかさず、リースが近寄ってきた。

「味見、味見させてください」

「あ、はい」

エリィがスプーンにすくって、差し出す。

はむ、とくわえて。

「むむ……ストロベリーのアイスも、なかなか」

真剣な表情をしていた。

クローディア姫が口元を抑えて笑う。

「ふふっ、リースさん、本当に食べることが好きなんですね。私のも食べてみますか？」

「ありがとうございます。大好きです」

「なんだか、照れちゃいますね」

クローディア姫がスプーンを差し出すと、リースが遠慮なく味見した。

「うん、マンゴー味もなかなか……ちょっと甘いけど、小さいカップならちょうどいい。ナイスな選択」

「…………」

まじまじとユリア准佐が見つめている。

その視線に気付いたか、クローディア姫がやってきた。

「はい、ユリアさんも」

「えっ？」

クローディア姫がスプーンを差し出してくる。

ピンク色のスプーンに乗った、黄色いアイスクリーム。

「あ、でも甘いのは苦手だったかしら？」

「いえ、ひと口くらいなら、うれしいです」

「ほんと、よかった」

クローディア姫の差し出したスプーンに、何秒か置いて、ユリア准佐が口をつけた。

「……はむ」

うれしそうに微笑んでいるお姫様に、准佐が優しげな笑みを返す。

ふたりの表情を見て——彼女たちは仲がいいだけでなく固い信頼関係で結ばれているのだな、と俺は感じるのだった。

それから、リースの提案により、俺たちは龍老飯店に向かった。

龍老飯店での食事は、なかなか好評だった。

そのあと、今度は東通りの屋台を見てまわることになった。

クローディア姫が瞳を輝かせる。

「すごいですね。活気があって」

俺も街に詳しいわけではないが、できるだけ丁寧に説明していく。

「野菜や魚は、ここらが安くて新鮮です。珍しい香辛料などは百貨店で買ったりして、市民は使い分けてますね」

「なるほど」

俺の説明に、ひとつひとつクローディア姫がうなずく。

その後ろにエリィとユリア准佐が付き従い。

最後尾をリースが――

もぐもぐしながらついてくる。いつの間にか饅頭を買っていた。

「あの……リースさん、さっきの東方料理の店では足りませんでしたか？」

「いえ、充分に満足したんですが……」

「ソレは、いったい……？」

「お饅頭が美味しそうだったので」

「な、なるほど」

　到底、真似できそうになかった。むしろ理解できない。

「食べたいですか？」

「お気持ちだけいただいておきます」

「そうですか。ところで、このへんにカフェはありませんか？」

「どうしました？」

「飲み物が欲しいです」

　俺はエリィと顔を見合わせる。

「いいのかな、このままだと、クロスベル観光というより、クロスベルのグルメ観光になっちゃいそうだけど」

「うーん、予想外だったわ。美味しい店に行く予定ではあったけど、ずっと美味しい店を巡ることになるとは思ってなかったから」

　くすくす、とクローディア姫が微笑する。

「かまいませんよ。できれば、みなさんがいつも使っているカフェを教えてください」

行く先にユリア准佐は意見がないらしく、むしろ周囲を警戒している様子だった。

この近くで、カフェというと——

すぐに思い至った。

「いい店があるんです。支援課ビルの近くのカフェに案内します。焼きたてパンが自慢のオープンカフェなんですよ」

「まあ、素敵ですね」


俺たちは、西通りのベーカリーカフェ《モルジュ》に足を運んだ。

煉瓦の建物からはパンを焼く香りがただよっている。店の前は、パラソルテーブルのならぶオープンカフェになっていた。

クローディア姫が、手を合わせる。

「まあ、かわいらしいです」

納得顔でリースがうなずいた。

「クロスベルでカフェといえば《モルジュ》……いい選択してる」

「リースさんも、よく来るんですか？」

「もちろんです。けれど、いつもはパンを買って帰るだけなので、カフェでゆっくりするのは初めてです。楽しみです」

リースが一足早く店へと入っていく。

このカフェであれば、〝市民の日々の生活が知りたい〟という希望に添うのではないだろうか。

　店構えを見ていたクローディア姫が、ふと立ち止まった。

「あ、このお店は……」

「何か気になることがありましたか？」

「たしか、クロスベル新聞《タイムズ》に記事が載ってました」

「ああ、以前、紹介されたことがあったとか」

「市民の憩いのお店だそうですね。うれしいです。こういう場所を訪ねてみたかったんです」

「それはよかった。オスカーが聞いたら喜びますよ」

「オスカーさん？」

「あ、俺の幼馴染みが、ここで働いてるんです。店主のモルジュさんの一番弟子として。それに、モルジュさんの娘のベネットも同じくらいがんばってます」

「仲のいいライバル、といった感じかしら？」

「そうですね」

「ふふっ、楽しそうです」

　結果的に、リースのおかげで、いい案内になったようだ。そのリースが、あわてて店から飛び出してきた。

いつもの余裕のある表情ではない。

「ロイドさん！　大変です！」

「えっ⁉」

「早く来てください！」

「あ、はい！」

俺は急いで店のなかに入る。

エリィとクローディア姫とユリア准佐もついてきた。

こっちこっち、とカウンターの奥からリースが手招きする。

奥の扉の先は、たしか、パン作りの厨房になっているはず。

入ってしまっていいのかな？　と思いつつ店内を見渡すが、誰もいない。

買い物客の少ない時間帯なので、来客がないのはともかく、店主のモルジュもオスカーもベネットの姿もない。

カウンターに誰もいないというのは初めてのことだ。

嫌な予感がする。

俺は奥の厨房へと急いだ。

そこに、モルジュが倒れていた。

彼を囲んで、オスカーとベネットがしゃがみこんでいる。少し離れてリースも。

俺は駆け寄った。

「モルジュさん⁉　どうしたんですか⁉」

「う、う～ん……俺は、もう……ダメだぁ～……」

うめくモルジュを心配そうに見て、オスカーが声をかける。

「バカ言わないでくださいよ、腰を痛めただけじゃないですか！」

「う～ん……」

「父さん、しっかりして！」

「ベネット……あとは……頼んだぜ……」

「そんな！」

「そのパン生地、ちゃんと焼いて店にならべといてくれよ」

「う、うん。それは、やるけど」

「あと、やわらかい小麦粉が少なくなってるから、ちゃんと注文を……」

「それが大切なのはわかるけど、そんな場合じゃないでしょ⁉　父さんってば‼」

俺は立ち尽くしていた。

「なあ、オスカー……モルジュさんは、腰を？」

「そうなんだ。重たい物は俺が運ぶって言ってんのに、小麦粉の袋を二つも持つからよ」

「どうするんだ？」

「とりあえず、俺がウルスラ病院まで連れてく。ベネット……店は頼むぜ？」

「う、うん！」

黒髪を留めるヘアバンドを付け直し、ベネットがうなずいた。

俺は前に進み出る。

「オスカー、それなら、俺たちが病院に……」

「いや。ありがたいけど、親方は俺の師匠であり、親父みたいな人だ。これは俺の役目だと思うんだよ」

「そうか……わかった」

「ロイド、よかったら、ベネットを助けてやってくれ」

「だ、大丈夫よ！　私ひとりだって平気！　早く行きなさいよね」

「おう。病院に着いたら連絡するぜ――さあ、親方、かつぐからな？」

「う〜ん……オスカー……すまんな〜」

「なに言ってんだ、ウルスラ病院に行けば、すぐ治してくれるさ。よいせっ」

「うう〜ん」

オスカーはモルジュを背負うと、病院に向かった。

残されたベネットが青ざめた顔をしている。

「どうしよう……」

「ベネット、ひとりで大丈夫なのか？」

「あ、はい。何にしましょう？」

俺の問いかけに、そんな言葉を返してきた。ちょっと混乱しているようだ。

「いや、まぁ、客として来たんだけど……」

スンスンとリースが鼻を鳴らす。

「パンの焼ける匂いが強くなってきましたね」

「あっ！」

ベネットが叫んで、あわてて釜を開けた。

素早く中からロールパンを取り出す。

「あぶなかった～」

「素晴らしい香りですね。これは、いい焼きたてパンです」

「あ、ありがとうございます」

リースが絶賛して、ベネットが頬を赤らめた。

エリィが尋ねる。

「この時間から、まだパンを作るんでしょう？　カフェやレジはどうするの？」

「うっ……それは……ひとりで三人分やるしか……」

「臨時休業が現実的な手段ではないか？」

ユリア准佐が提案した。

その通りだろう、と俺も思う。

「それでは、この焼きたてのパンたちがかわいそうです」

リースが残念そうにつぶやいた。

エリィも目を伏せる。

クローディア姫が進み出た。

「あの……よかったら、私にお手伝いさせてもらえませんか？」

「えっ!?」

驚いたのは、ベネットばかりではない。その場にいた全員だった。

「素人がお手伝いなんて、かえってお邪魔かもしれませんけど……私、このオープンカフェに来るのが憧れでした。お店が休みになったら、すごく残念です。他のお客さんたちも、同じじゃないかしら？」

　俺はうなずく。

「たしかに、まだ観光客は残っているし、外国からのお客さんも来るだろうな……ベネット、俺にも何かできることがあれば手伝わせてもらうよ」

　エリィも賛同してくれた。

「そうよね。地元の人たちも、このお店のパンを楽しみにしてるはずだもの。私たちに手伝えることないかしら、ベネットさん」

　ベネットがうつむく。

「……オスカーも、父さんの前だから、任せるって言ったけど、臨時休業でも仕方ないって考えてると思う」

　やっぱり難しいか、と諦めかけた。

　しかし、ベネットが、クワッと顔をあげる。

「だからこそ！　なにがなんでも店は閉じたくないんです。私、オスカーを驚かせたいし、父さんやお客さんをガッカリさせたくない――みなさん、力を貸してください！　お願いします‼」

　これ以上ない、というくらい頭を下げられた。

「もちろん」

俺はうなずいて、エリィも同じだった。

クローディア姫が、ユリア准佐の手を取る。

「ユリアさん、私のわがまま、聞いてくれますか？」

一国の王太女が、パン屋の手伝いである。普通なら猛反対してもおかしくない。

ユリア准佐が考えこむ。

やがて、キリッと結んだ唇を開いた。

「私が殿下のなさることに反対するはずがありません」

頭を垂れた。

クローディア姫が安堵した笑みを浮かべる。

「ありがとう、ユリアさん！」

「いえ、私は殿下がご無事であれば」

「ふふ……それでは、ベネットさん――私とユリアさんは、何をすればいいですか？」

私も手伝うんですか!?　という顔をユリア准佐が浮かべた。

しかし、抗議はせずに指示を待つ。

なんというか、さすがだった。

リースが片手を挙げる。

「パンの作り方なら、一通り習得しています。厨房で手伝えることがあるでしょう」

こちらも、さすがだった。

ベネットが思案する。

「それじゃあ、ロイドさんは小麦を運んだりといった力仕事をお願いします」

「わかった」

「シスターさんは、私のアシスタントということで厨房を」

「はい」

「エリィさんにレジをお任せして」

「わかったわ」

「おふたりにカフェのウェートレスをお願いしたいのですけど、どうでしょうか？」

ベネットの提案に、クローディア姫がうなずいた。

「はい。がんばります」

「……客の前に出るのは……いや、厨房よりは安全か。了解した」

ユリア准佐もうなずく。

全員が引き受けたところで、改めてベネットが頭を下げる。

「ありがとうございます。あっ、私ったら、まだお名前をうかがってませんでした」

クローディア姫が固まる。

ユリア准佐が視線を逸らした。

まずリースが率先して。

「何度かお店には来ていましたが、名乗るのは初めてですね……先日、クロスベル大聖堂に赴任しましたリース・アルジェントといいます。よろしくお願いします」

「あ、はい。ベネットです。いつもありがとうございます！　今日は、よろしくお願いします！」

そのやり取りの間に落ち着きを取り戻したクローディア姫が。

「リベールから観光に来ています、クローゼといいます。こちらは、ユリアさん。私たち、学生で親友同士なんです」

「が、学生……？」

ぼそり、とユリア准佐がつぶやいた。

「なるほど……」

ベネットがいぶかしむ。

「……う～ん、どこかで見たことがあるような？」

俺は冷や汗を垂らした。

どこかで見たことがある？　それは、新聞の記事じゃないかな？

俺はベネットをうながして。

「早く準備をしよう、慣れてない仕事だから、いろいろ教えてもらわないと」

「そうね。あ、替えのエプロンを出すから。みんな、それを付けて」

ベネットの指示に従い、小麦粉を持ってきたり、水を汲んできたり。

「うん、バターロールパン、焼き上がり！　ロイドさん、持っていってもらえますか？」

「わかった」

トレーに積んで、厨房を出る。

早くもレジには客が並んでいた。

エリィがこちらに気付いて、声をかけてくる。

「おつかれさま、ロイド。ちょっとお願いできるかしら？」

「ああ」

レジにエリィと並んで入って、パンを紙袋に入れる手伝いをする。

ニコニコした老婦人が。

「おや、珍しいわね。ロイドさんにエリィさんじゃないの」

「ちょっと事情がありまして、今日は俺たちが手伝いに入ってるんです」

「そうなの、大変ねえ」

「いえ……お待たせしました」

　パンを入れた紙袋を渡す。

　また次のお客さんのパンを紙袋へ。

　これだけ大勢の人たちに無駄足を運ばせることにならなくてよかった。

　そうしていると、エプロンドレス姿のクローディア姫が、レジにやってきた。

「あの！」

「ん？」

「注文を受けたんです！」

　瞳を輝かせて、頬を上気させていた。

　当然、オープンカフェでウェートレスをしているのだから注文は受けるだろう、と言うのは無粋だ。

　なんせ、彼女は生まれて初めて注文を受けたのだから。

「わかりました。何を出せばいいですか？」

「カフェオレ、砂糖を多目です。それと、オレンジジュース。あと、オススメの焼きたてパン」

「やり方は聞いてありますから、やってみます」

「ええ、お願いします」

　クローディア姫が客席に出ていく。

キャ〜〜〜⁉　と黄色い歓声があがった。

ユリア准佐が注文を取りに行ったところ、女性客が騒ぎだしたらしい。

まさか、もうユリア准佐だとバレてしまったか⁉

女性客のひとりが尋ねる。

「あの！　あの！　リベール王国のユリア・シュバルツ准佐に〝似てる〟って言われませんか⁉」

「ッ⁉　そ、そうですか……どうでしょうか？　あまり似てないと思いますけど……」

「え〜っ、似てますよ〜‼」

「……困ったな」

あのユリア准佐がたじろいでいた。

髪型など変えて変装しなくていいのか尋ねたとき――クローディア姫ならともかく、異国で自分のことを気に掛ける者などいるまい、と笑っていたが。

すっかり囲まれていた。

黒服のユリア准佐は、主に女性客に大好評だ。

お客さんたちは、まさか本物だとは夢にも思っていない様子だった。

クローディア姫のほうも、男性のお客さんたちから。

「似てるって言われない？」

と訊かれていたが……

「よく言われます。でも王太女がカフェで店員をしてたら、びっくりですよね」

そう笑って返していた。

たしかに、改めて見ると、びっくりだ。


レジに並んでいる客がいなくなったので、俺は厨房へと戻った。

「こんな感じですか？」

「そうそう」

リースが、ベネットからパン作りを教わっていた。

「あれ？　パンを作るのは任せられないんじゃ？」

「試しに形を作るのをやってもらったら、リースさん、すごく上手いのよ」

「簡単なものしか無理ですが……」

「それでも、充分に助かるわ」

「順調そうだな。よし、俺は、他に何したらいい？」

「あ、倉庫からミルクを運んできてもらえますか」

「わかった」

しばらく厨房でパン作りの手伝いをしていた。

ふと外が騒がしいことに気付く。

ベネットが首をかしげた。

「なにかあったかしら？」

「見てこよう。ちょうどパンも焼けたしな」

俺は厨房の扉を開いた。


明らかに人の声が多くなっている。

なんとカフェに座りきれないほどの客が来ていた。

「どういうことだ……!?」

「あっ、ロイド！　カフェのほうを手伝ってちょうだい！」

エリィの声から余裕が消えている。

レジを待っているお客さんの人数も、明らかに増えていた。

オープンカフェへ視線を向ける。

三つのテーブルの六人から、ユリア准佐に次々と注文の声が飛んだ。

「私は、カフェオレ」

「えっと、アタシは、カフェモカで」

「あの～あの～オレンジジュースとドーナッツ。あ、やっぱり、ホットコーヒーとフレッシュサンドで」

「こっち、ベルベリージュースね。あと、ベーコンレタスサンドのレタス抜き」

「ミルクロールと……クロワッサンにしようかな～。ドーナッツがいいな。うん。それでお願いします」

ユリア准佐がうなずく。

「そちらから――カフェオレ、カフェモカ、ホットコーヒーとフレッシュサンド。ベルベリージュースとベーコンレタスサンドのレタス抜き、ミルクロールとドーナッツですね。少々、お待ちください」

おお～、と歓声さえあがった。

さすがはユリア准佐だ。

クローディア姫がレジに戻ってくる。

「ふぅ、ウェートレスって大変なんですね。行ったり来たりが……」

「そうみたいですね」

「どうしてかしら？　男性のお客さんって何人かで来ても、一度に注文しないで、ひとりずつ頼むことがあるんですね。とくに二杯目のとき」

「ああ、なるほど……」

それは、おそらく、クローディア姫に（よく似たウェートレスだと思っているはずだが）何

度もテーブルに来て欲しいからだろう。

「お疲れじゃありませんか？」

「いいえ、なんだかダンスか剣術の稽古みたいで楽しいです。最近、飛行船に乗っているか、ホテル暮らしばかりでしたからね。呼ばれたら、あちらへこちらへ、行ったり来たり」

本当にうれしそうに話す。

俺はうなずいて聞いていた。

また呼ばれて、クローディア姫が小走りに出ていく。

「はい、ただいま！」


陽が西に傾きかけた頃、オスカーから連絡が入る。

ちょうど、俺が倉庫から小麦粉を持ってきて、リースが水を汲んできたときだった。

ベネットが厨房に持ってきておいた導力通信機に飛びつく。

小麦粉で真っ白になった手のまま。

「はい！」

『俺だ。そっちはどうしてる？』

オスカーの声が漏れてきた。

あちらに見えているわけではないけど、ベネットが胸を張った。

「ちゃ〜んと店は開けてるし、新記録ってくらい繁盛してるわよ！」

『えっ、開けてるのか⁉』

　オスカーの驚いた声に、ベネットがうれしそうな顔をした。

「当然よ」

『ロイドたちに手伝ってもらってるのか？』

「うっ……まぁ、そうだけど……」

『そうか。ちゃんとお礼、するんだぞ』

「言われなくてもわかってるわよ！　子ども扱いしないで」

『ああ』

「……それで、父さんは？」

『それがなぁ……』

「………………」

『なんか、東方から来てる先生がいて、ひっぱったり、もんだりしてもらったら、ほとんど痛みが引いたらしいんだ』

「えっ⁉　ホント⁉」

『しばらくは休養が必要らしいけどな。今日にでも導力バスで帰れそうだよ』

　ベネットが涙ぐんで目元をぬぐう。

顔が小麦粉で白くなった。

「よかった……ホント……よかったよ～」

『ああ、まったくだ。しばらくは、俺とふたりになるけど、まぁ、がんばろうぜ』

「うん」

『じゃあ、これから帰る』

「……まってる」

ベネットが涙声で、うなずいた。

俺はリースと顔を見合わせて、互いに笑みを浮かべるのだった。


オスカーとモルジュが戻ってきたのは、七時近く。

一番、店が混雑している時間だった。

そんな最中にウェートレスやレジ打ちが抜けるわけにはいかない。

結局、お店が閉まる八時まで、お手伝いを続けた。

クローディア姫とユリア准佐（によく似たウェートレス）のおかげで、いつにも増して来客が多かったのも一因だったが。

閉店後――

モルジュをベッドに寝かせたあと。

オスカーとベネットが深々と頭をさげる。

「ありがとうな、ロイド！　本当に助かった！」

「ありがとうございました‼」

「いや、今回は俺じゃなくて、クロ……クローゼさんに、お礼を言ってくれ。言い出したのは彼女だから」

クローディア姫が手を左右に振る。

「そんな！　私なんて素人ですからお役に立てたかどうか。それより、こんな貴重な体験をさせてもらって、本当に感謝しています。どうか、面《おもて》を上げてください」

おもて？

ユリア准佐が、コホンと咳払いする。

「少々、時間が遅くなりました。もう帰りませんと」

「そうですね。名残惜しいけど……」

「あの……これ、たいした額じゃないんですけど……」

ベネットがアルバイト代を払おうとしたが、クローディア姫が首を横に振る。

「本当に、私のほうがお礼したいくらいなんです。だから、そういうのは、お気持ちだけで大丈夫ですから」

リースも辞退する。

「シスターがアルバイトするのは問題がありますので」

「俺たちも警察官だからな」

実績に応じて報酬は支払われるが、それは警察本部からであって、助けた市民からではない。

戸惑ったようにベネットがオスカーを見る。

うーん、と彼は考えてから。

「気持ちか……それじゃあ、これは受け取ってもらえないか？　売れ残りで申し訳ないんだが」

紙袋いっぱいにパンを入れる。

これには、クローディア姫も笑みを浮かべた。

「うれしいご褒美です。ありがとうございます」

リースもご満悦。

「うん……もしゃもしゃ……美味しいです。ありがとうございます」

早くも食べていた。

みんなの頭に汗マークが浮かぶ。

苦笑しつつ、俺もありがたくオスカーからパンを受け取った。

「支援課のみんなと分けさせてもらうよ」

エリィもうなずく。

別れ際はオスカーが笑顔で片手を振り、ベネットが何度も頭を下げた。


翌日――

リベール王国のクローディア・フォン・アウスレーゼ王太女を見送る式典が催された。

例によって、俺はエリィと式典に呼ばれている。

クロスベル空港の式典用のスペースに、ずらりと並んだ参列者たち。その末席に、俺たちは立っていた。

高速巡洋艦《アルセイユ》へ乗りこむ前のクローディア姫を記者たちが囲んでいた。

無数のフラッシュが浴びせられている。

彼女と昨日、街を歩き回ったなんて、自分の記憶が嘘みたいだ。

大勢の記者のなかで、うまいこと陣取って質問を投げたのはクロスベル新聞《タイムズ》のグレイス記者だった。

「殿下、クロスベルの街をご覧になりましたか？」

「はい。とても活気があり、困難に立ち向かう力がある……若々しい街だと思いました」

「そのなかで、一番印象深かったのは？」

「どこも大変素晴らしく……」

そこまで言ってから、ふとクローディア姫が参列者に視線を巡らせた。

目が合った、ような気がした。

気のせいかもしれない。

しかし、彼女が微笑んだのは間違いない。

ユリア准佐まで、そっと口元を緩める。

クローディア姫がやわらかい笑みをうかべ、それから唇を開く。

「パン屋さん……そう、クロスベルの街のパン屋さんが印象的でした」

# 第3話

# 『フランとマフィアとラーメン屋台』

クロスベル警察に新設された特務支援課は、市民からの支援要請を受け、それを解決することを目的としている。

市民との窓口になってくれているのが、フラン・シーカーだった。

「あ、ロイドさん！」

カウンターのなかで書類を整理していた少女が顔をあげ、親しみのある笑みを浮かべる。

ピンクブラウンの髪をツインテールにまとめ、ちょっと間延びした平和そうな声をしている。

名前を呼ばれ、ロイドは片手を挙げた。

「やあ、近くまで来たから、報告に寄らせてもらったよ」

ロイド・バニングスは特務支援課のリーダーだ。

他の仲間たちも来ている。

フランが笑みを向けて。

「皆さんも、お疲れ様です～」

特務支援課の面々が、それぞれに返した。

ロイドは済ませたばかりの支援要請について報告する。

「――というわけで、それほど大変じゃなかったよ。他に要請は来てるかな？」

「はい。緊急というわけではないですが、街道に大型の魔獣が出たそうです。余裕があれば、お願いします」

「わかった。今から行ってみるよ……最近、こういう要請が増えてきた気がするな。魔獣が増えてるのか？」

「そうですね～。前は特務支援課が有名じゃなかったから、街道の魔獣とかは警察じゃなく、遊撃士協会《ギルド》とか、警備隊に相談してたんじゃないでしょうか」

「ああ、そうかもしれない。知名度が上がってきて頼ってもらえるようになったなら、いいことだな」

「本当ですね。わたしも受付として、嬉しいかぎりです～」

ロイドたちが会話を切り上げようとしたとき、ちょうど別の警察官がやってきた。

金髪の青年で、柔和と軟派の間くらいの笑みを見せる。

捜査官のレイモンドだ。

「おや～、特務支援課の皆さんじゃないか。おひさしぶり」

「こんにちは。レイモンドさん」

ロイドが挨拶すると、仲間たちも会釈した。

「君たちも、たまにはどうだい？」

レイモンドが口元でグラスを傾ける仕草を見せる。

ロイドは少しだけ考えて。

「飲み会《パーティー》ですか？」

「そう！　まぁ、未成年者もいるから食事会《パーティー》だけどね。警察署内の親睦を深めようってことで、捜査二課のメンバーが中心だけど、他の課も大歓迎だよ～？」

「なるほど……お誘いは嬉しいんですが……たった今、支援要請を受けたところなもので。すみません」

「ああ、そうなのか。支援課、すごく頑張ってるみたいだね」

「困ってる人たちの役に立ててるならいいんですけど」

「街の外の魔獣まで退治するんだって？　支援課って本当に何でもやるんだね」

「はい。支援要請を受ければ……だから、今日は街に戻るのが遅くなるかもしれないので」

「そういうことなら仕方ないな～」

　レイモンドが視線を転じて、フランのほうへ声をかける。

「フランちゃん、今夜、どう？」

「残念ですが、今日は先約があるんです！」

　申し訳なさそうにしつつも、先約って言葉のあたりで、にんまりと表情が緩んでいた。

　頬を染めたりして。

　レイモンドが目を丸くする。

「ありゃ……なんか、すっごく嬉しそうだね。も、もしかして、フランちゃん、恋人ができちゃったりしたんじゃ⁉」

「あはは、そんなのできませんよ～」

　ぱたぱたと彼女は手を左右に振った。

「それじゃあ、先約って？　あっ、いや、話せたらでいいんだけどさ」

「べつに隠すことじゃなくて、今夜は、お姉ちゃんとデートなんです！　うふふっ」

「ああ……」

　レイモンドが疲れた顔をして肩を落とした。

　聞いていたロイドも汗をたらす。

　いつも笑顔がかわいいフラン・シーカーは警察署内でも人気の婦警さんだ。

　しかし、自他ともに認めるお姉ちゃん大好きっ子であり、警察署内に知らぬ者なしというほどだった。

「まぁ……フランちゃんは、そうだよね……」

「そうですよ～」

　レイモンドのぼやき声に、フランが嬉しそうにうなずいた。

　そのとき、受付に導力通信が入る。

　手が空いていた同じ受付嬢のレベッカが受話器を取った。

「こちらクロスベル警察…………はい……はい。ただいま替わります」

　レベッカが、フランに受話器を差し出してきた。

「え？　わたしですか？」

「はい」

受話器を受け取り、耳に当てたフランが、ひときわ表情を明るくする。

「お姉ちゃーん⁉　なに？　どうしたの？　今夜が待ちきれなくなっちゃったの？　わたしも待ちきれないよ～」

『…………ごめん、フラン』

かすかに導力通信ごしの声が漏れてきた。

フランが愛してやまない姉のノエル・シーカーの声だった。

ただし、いつもは凛として明るい彼女が、なにやら暗い声をしている。

『……急な任務が入っちゃって』

「えっ⁉」

『この埋め合わせは、次の休暇に絶対するから。ごめんね！』

「お、お姉ちゃん、待って！」

『もう集合の時間なの！　それじゃ――』

逃げるように導力通信が切断された。

どうやら、今夜のフランのデートはキャンセルされてしまったらしい。

固まっている彼女の手から、レベッカがそっと受話器を取り、導力通信機に戻した。

何事もなかったかのように。

いつもクールなレベッカである。

逆にいつも賑やかなフランが、らしからぬ脱力っぷりで、つっぷす。

「うわーーーん‼」

「……なんと言っていいやら」

ロイドは困ったように頬をかいた。

仲間たちも肩をすくめて、弱り顔だ。

ノエルは警備隊の曹長であり、まだ若いのに実力を高く評価されている。急な任務が入るのも信頼されていればこそだった。

わかっているから、ノエルを悪くは言わないフランだったが、すっかり落ちこんでいた。

重たい空気に耐えかねて、レイモンドが逃げだそうとする。

「あ～そうだ、報告書を出しておかないといけないんだ。それじゃあ！」

「レイモンドさん！」

フランに呼ばれて、足を止めた。

「え、えっと……なんだい？」

「わたし、今夜、行きますから！　食事会《パーティー》！」

「え？　あ、ああ、そう⁉　じゃあ、六時になったら声かけるよ」

「はい。もう嫌なこととか忘れて楽しんじゃいましょ～」

　ぐっと拳を握る。

　切り替えが早いというか。前向きだなあ、と感心するロイドだった。


　ちょっとラッキーだったかな――とレイモンドは思っていた。

　ノエルの都合がつかなくなったのは、フランには残念なことだったが……おかげで、人気者の彼女を誘えたのだから。

　フランは物腰がやわらかくて話しやすいし、なにかと気が利くし、なんといっても美人だ。

　親睦のための食事会は華やいだ雰囲気になり、楽しい時間を過ごすことができた。

　予定を二時間ほど過ぎて解散となったものの、盛り上がったからと思えばなんでもない。

　繁華街のレストランから出ると、すっかり周りは暗くなっていた。

　上司のドノバン警部が声をかけてくる。

「おい、レイモンド」

「あ、はい。なんですか、警部？」

「フランを送ってやれ。どうも、酔っ払ってるみたいだから」

「えっ⁉　フランちゃんは未成年ですよね⁉」

「グレープフルーツジュースを注文したが、店員が間違えてカクテルを出しちまったらしい。気付かないで飲んじまうなんて、フランらしいけどな」

「あらら……まぁ、飲み慣れてないと、逆にわからないですよね」

「それに、いくら警察官といっても、こんな夜更けに女の子をひとりで帰すもんじゃないからな」

「僕が送るんですか？」

「まるっきり逆方向ってわけでもないだろ」

「たしか、東通りでしたっけ？」

「じゃあな、任せたぞ。俺は仕事が残ってるから警察署に戻る」

「えっ⁉　もう真っ暗ですよ」

「日が昇るまでには終わるだろ。それとも、おまえが書類を片付けてくれるってのか？　そうしたら、俺がフランを送っていくが」

「フランちゃんを送っていきます！」

「うむ」

その彼女はどこにいるのか、と左右を見渡すと、ふらふらとおぼつかない足取りで、帰っていくところだった。

よりによって治安の悪い裏通りへ！

「わわっ、待った！」

　追いかけていって、腕をつかむ。

　彼女はいつもの笑顔を向けて。

「ん～？　あれ～、レイモンドさん？」

「フランちゃん、この時間に裏通りはマズイよ。行政区のほうから回ろう」

「あはは、そうですね！」

　彼女は鼻歌まじりに歩きだす。

　間違えて一杯だけ飲んだらしいが、けっこう酔ってるなぁ――と思いながら、レイモンドは並んで歩いた。

　足取りはしっかりしている。

　妙に上機嫌に見えるが、たまに受け答えがおかしかった。

　行政区から中央広場に港湾区に出たところで――


「ラーメン食べたい」

　フランがつぶやいた。

「え？」

「ほら、あそこに屋台がありますよ、レイモンドさん」

「本当だ。こんな時間でもやってるんだね～」

「これはもう、行くしかありません！」

　言いながら歩いて行く。

「ちょ……ちょっと待ってくれよ、フランちゃん」

「え～、なんですか？　いいですよ、わたしだけ食べていきますから、レイモンドさんは先に帰ってても」

「そんなことしたら、僕がドノバン警部に怒られちゃうよ」

「それじゃ、仕方ありませんね～」

「わかってくれたか」

「ふたりでラーメン食べていきましょう！」

「譲らない⁉」

　やっぱり、彼女はちょっと酔ってるみたいだった。

　ひとりにはできないので、レイモンドは観念して夜のラーメン屋台に向かう。

　暖簾をあげて、フランが中央の席に座った。

「こんばんは～」

「ヘイ、らっしゃい」

「ラーメンください！」

「ふたつ？」

店主に尋ねられて、彼女の左隣に腰掛けたレイモンドはうなずいた。

「はい。できれば、すくなめで……」

横合いから、野太い声が割りこんでくる。

「大盛りだ！」

デカイ男だった。

暖簾をくぐるなり、注文し、同時にレイモンドの左側に腰掛ける。

角張った顔と、普通の男の倍くらいありそうな肩幅。

背広を着ていてもわかるほどの筋肉。

レイモンドは目を丸くした。

（……⁉　こ、この男は……⁉）

ガルシア・ロッシ！

自治州クロスベルで一番の勢力を誇るマフィア《ルバーチェ商会》を取り仕切る巨漢の若頭だった。

かつては猟兵として戦場で勇名を馳せ《キリングベア》の異名で呼ばれた男だ。

捜査一課でトップクラスの要注意人物に挙げられているガルシア・ロッシ。

その隣でラーメンを食べることになるとは。

店主が「ヘイ、大盛りひとつ」とうなずいて料理をはじめる。

レイモンドはかつてないほど背筋に冷や汗をかいた。

フランが楽しそうに笑う。

「あはは、大盛りだなんて、すごいですね～」

「ん？　ああ、忙しくて飯を食べる暇もなかったんでな」

縮こまってるレイモンドの頭越しに、上機嫌なフランと、キリングベアが会話していた。

レイモンドは心臓が止まるかと思った。

（まさか、フランちゃん、気付いてないのか……!?）

「おじさん、熊さんみたいに大きいですもんね～」

レイモンドは気を失うかと思った。

あのガルシア・ロッシを〝おじさん〟呼ばわりで、しかも〝熊〟である。

たしかに、熊のようにデカイが。

この熊は人食い熊だ。

ガルシアは鼻を鳴らして。

「フンッ……おじさんかよ。まだ老けこんだつもりはねえが」

「そうなんですか。おいくつなんですか？」

「42歳だ」

「じゃあ、わたしから見たら、おじさんですよ～。お父さんと同じくらいですから！」

「ほう。嬢ちゃん、幾つだ？」

「今年で17歳になりました～」

「25も離れてるのか……まぁ、たしかに、おじさんだな」

「うふふっ……お父さんが生きてたら、こんな感じだったのかな～」

　レイモンドは黙って首を横に振った。

　いくらなんでも、キリングベアと同じ巨漢が、そうそういるはずもない。

　ガルシアが声を小さくして。

「そうか……父親を亡くしてんのか。そいつは、寂しいやな」

「あ……はい……でも平気です！　お姉ちゃんがいますから。わたしのお姉ちゃんは、すごいんです。警備隊の曹長なんですよ」

「ほう？　そいつは頼もしいな」

「わたしのことも、クロスベルの街も守ってくれるんです。悪い人なんか、やっつけちゃいますよ～」

　フランが拳をにぎって、ぶんぶん振り回す。

　ゴッとレイモンドの頭に当たったが、気付いてない様子だった。

ガルシアが獰猛な牙を見せて笑う。

「ククク……そいつは、本当に頼もしいな」

レイモンドは内心で悲鳴をあげていた。

（早く帰りたい！）

ラーメンのいい匂いがしてきた頃、四人目の客が現れた。

「お隣、よろしいでしょうか？」

暖簾をくぐり、フランの右隣の席を指したのは、細面で眼鏡をかけた青年だった。

切れ味の鋭いナイフのような印象。

フランがにこやかにうなずく。

「はい。空いてますよ～」

「どうも……」

レイモンドは目を皿のようにして見つめた。

肩が震える。

屋台の明かりに照らされた青年の顔に、はっきりと見覚えがあった。

　ガルシア・ロッシと同じく要注意人物としてファイルに載っている。

　東方風の意匠を施した服装からしても間違いないだろう。

（ツァオ・リー⁉）

　共和国の東方人街に本拠地を構える巨大犯罪組織《黒月《ヘイユエ》》の幹部であった。

　屋台の店主が尋ねる。

「らっしゃい。なんにしましょ？」

「ネギラーメンをひとつ」

「ヘイ、ネギラーメンいっちょ。もうすぐ出来ますんで」

「はい」

　フランが嬉しそうに声をあげる。

「うわ～、美味しそうな匂いがしてきましたね。これこそ、ラーメンですよね！」

　話しかけられて、ツァオは一瞬だけ意外そうな顔をしたが、微笑んでうなずいた。

「ええ、私の祖国とは味付けが違いますが、食べてみると、これがなかなか。今では、すっかり常連です」

「おおっ、楽しみですね～。わたし、今日が初めてです！」

「なるほど……お仕事のお帰りですか？」

「はい！　あっ、パーティーやった後なんですけどね。もうすぐクロスベル創立記念祭じゃないですか」

「ええ」

「警察は警備で忙しくなるから、今のうちに騒いで、やる気を出しておこうって感じなんです」

「なるほど……警察の……そうですか」

「知ってますか？　最近、また悪いトコが増えて、もう大変なんですよ～」

　レイモンドが声にならない悲鳴をあげる。

　その〝増えた悪いトコ〟のボスが、今、フランの横にいるツァオだ。

　当人は気付いているだろうに、笑みを崩さない。

「ふふっ……すぐに片方は消えると思いますよ」

「だといいんですけどね～。まぁ、みんな、記念祭を楽しみにしてるから、平和だといいんですけど」

「とても楽しみですね」

　ツァオが含みのある表情を浮かべた。

　視線を横に流す。

　フランとレイモンドの向こう――ガルシアが不敵な笑みを返した。

「片方が消えるか？　そうだろうな。この街は、共和国のようにはいかねえってことだ」

「井の中の蛙は大海を知らず、といったところですね」

「てめぇ……」

「フッ……」

キリングベアと《黒月《ヘイユエ》》幹部の緊張が高まる。

そこに、どんぶりが出てきた。

「ヘイ、ラーメンお待ち！　お嬢ちゃんのぶんと、お兄ちゃんのぶんと、旦那が大盛り。お兄さんがネギラーメン」

「きった～～～!!」

フランが両手を挙げてバンザイした。

気勢を削がれ、ガルシアもツァオも闘気を収めた。

屋台の割り箸は、木製の箸箱に入っている。

普通の店のような筒に収めた形だと、砂埃などが溜まってしまうからだ。

その蓋付きの箸箱に、ガルシアとツァオが同時に手を伸ばした。

互いに端をつまんで睨み合う。

「ククク……俺が先に掴んだようだぜ？」

「ご冗談を。先だから、なんだと言うんです？　より強い者が次代の覇者になるのですよ」

「そうか？　じゃあ、残るのは俺のほうだな」

レイモンドは双方の闘気に押しつぶされそうになる。

呼吸さえままならない。

今、この場所から、クロスベル市の裏組織同士の全面戦争になるのではないか――とさえ思った。

無意識にテーブルの下でENIGMA《エニグマ》――戦術オーブメントのうち第5世代のものを指す。通信機能も備えている――を手に取った。

ラーメンを食べる振りして、声を絞り出す。

「た……たすけ……」

「あははっ、なにやってんですか。お箸は、ここを開けて取るんですよ～?」

ガルシアとツァオが掴んでいる箸箱の蓋を開けたのは、フランだった。

四本の割り箸を取りだして。

「はい、まず年長者の熊さんから」

「……あ、おう」

ガルシアは箸箱から手を離し、割り箸を受け取った。

彼の巨大な手に持たれると、箸が小さく見える。

次にフランは右隣へ。

「はい、どうぞ」

「フフ……ありがとうございます」

「レイモンドさんも」

「あ、ありがとう……」

弱々しく震える手で割り箸を受け取った。

正直、ラーメンを食べられるような精神状態ではなかったが、変に目立つのも恐ろしい。

レイモンドは息を殺してラーメンに口をつけた。

フランは気付いていない様子で、楽しげにおしゃべりしている。

「熊さんといえば……うちに熊のぬいぐるみがあるんですよ。お姉ちゃんと色違いでお揃いなんですけど」

「そうなのか」とガルシア。

「かわいらしいですね」とツァオ。

なぜか、ふたりとも付き合いよく彼女の話に耳を傾けていた。

「わたしのが、白色でバンバンなんです！」

「……バンバン？　なんで鉄砲の話になったんだ？」

首をかしげるガルシアに対して、ツァオは苦笑して。

「ぬいぐるみの名前ですね？」

「そうなんです～。お姉ちゃんは恥ずかしいからって名前をつけてないみたいなんですけど」

「ふんっ、そういうことか」

「フフ……鉄砲」

　冷笑したツァオに、ガルシアが歯噛みする。

「ぐっ」

　反撃の言葉も浮かばなかったらしく、自棄《やけ》のようにガルシアがラーメンをすすりはじめた。

　すごい勢いだ。

　フランが目を丸くする。

「おお、すごいですね！　さすが熊さんですね〜」

「ふんっ、メシを食べるから力が出る。そして、メシは食べられるときに食べておく……それが生き残るためのコツだ」

「なるほど。なんか、たくさん食べる男の人ってカッコイイですよね〜」

「…………腹が減ったから食べてるだけだがな。おい親父、替え玉だ」

「ヘイ、今すぐ」

　ガルシアが、ツァオを横目に鼻で笑う。

「ククク……まぁ、そろばんばかり弾いてるヤツには、ネギが似合いだな」

「フッ……店主、激辛十倍を」

「ヘイ、激辛十倍で」

「むっ!?　おい親父、こっちは二十倍だ！」

「へ、ヘイ」

「では、三十倍で――」


辛みが目に沁みるような赤々としたラーメンが出てきた。

口に運んだガルシアが固まる。

「ぬっ⁉」

「むむ……いや、これくらいは……」

辛さについてはツァオのほうが慣れているか。それでも、指先が微かに震えていた。

レイモンドはまだ最初のラーメンが半分も減っていない。

フランもおしゃべりばかりしていた。美味しそうに食べてはいるが、どこまでもマイペースだ。

「もうすこししたら、この辺も記念祭で賑やかになるんでしょうね～。今はエルム湖の水の音ばかりですけど」

今はラーメンをすする音がしているんじゃないかな？　とレイモンドは心の中でツッコミを入れた。

「わたし、お姉ちゃんとパレードを見に行こうと思ってるんですよね～……ふふっ……でも、ロイドさんも誘っちゃおうかな～？　なんて。ちょっと大胆発言ですかね⁉　きゃ～」

レイモンドの背中を、ばしばしと叩いてきた。

「げほっ！　げほっ！」

ツァオが目をすがめる。

「ロイドさん？　それは……特務支援課の？」

「あ、はい！　ご存知なんですか？」

「ええ……少しだけお話したことがありまして。もしかして、浅からぬ仲なのでしょうか？」

「えっ⁉　あはは、そんなんじゃないですよ～。でも、お姉ちゃんとは、どうなのかな～って思ってるんです。わたしから見ると結構相性が良さそうな感じなんですけど……でも、エリィさんもいるしな～」

「ほほう……なかなか、ロイドさんも隅に置けませんね」

ガルシアが水を片手につぶやく。

「ふんっ、あの小僧か……気の多いところは兄貴に似なかったようだな」

捜査と関係ないところで特務支援課と裏組織との溝が深まった気がするレイモンドだった。

もともと、警察組織とマフィアとでは犬猿の仲だが。

フランがガルシアとツァオに尋ねる。

「みなさんは、記念祭はどうするご予定なんですか？」

「俺は仕事があるんでな。毎年、記念祭はミシュラムだ」

「おおっ、いいですね～ミシュラム！　一番の人気スポットじゃないですか！」

「仕事だから、お遊び気分じゃいられねえのさ。なんせ一年の半分近い稼ぎがあるんでな」

レイモンドは心拍数が上がるのを感じた。

マフィアが記念祭で何やら大きな取引をしているらしい、という噂は聞いたことがあったが
……

本当だったのか。

しかも、ミシュラムで。

知ったところで捜査二課の自分では、どうしようもないし、どうせ捜査一課の連中は知っているとなのだろうけれど、クロスベルの闇を垣間見た気がしてレイモンドの肌が粟立った。

ガルシアは〝知ったところで警察には何もできまい〟と思って口にしているのだ。

ツァオも水で喉を冷ましてから。

「私は初めての記念祭なので、今回は観光を楽しもうかと思っていますよ」

「わ～、いいですね～」

「フフ……まぁ、仲間がどうするかは、わかりませんが」

ガルシアが牙をむいた。

「ふんっ、なにやらネズミがチョロチョロしてやがるようだがな。どうせ何もできやしねえ」

「さて、それはどうでしょうか？」

　レイモンドは緊張を高めた。

（記念祭にルバーチェ商会と黒月《ヘイユェ》の衝突が⁉）

　多数の観光客で賑わうクロスベルで、抗争事件など起きたら、大変だ！

　やはり、警察官として、看過できない。

　レイモンドはカウンターの下でエニグマを握りしめた。

　使命感を持って声を絞り出す。

「……た……たすけ……て」

　精一杯だった。

　見ないで操作したので、ちゃんと連絡できているかわからない。

　そもそも、自分の居場所さえ伝えていないので、どんな意味があるのか。

　その間にもガルシアとツァオは口調こそ穏やかなものの、睨み合っていた。

「新参者が何をしたところで、この街は変わらねえ。どっかの小僧たちと同じだ」

「私は、彼らにも期待していますよ。大きな障害であろうとも打ち破るだけの力がある、と感じています……まぁ、その前に我々が変えてしまうかもしれませんがね」

「ククク……でかい花火でもあげようって腹か？」

「……正直、ここまで来ておいて、何もしないということはありえませんよ。我々は、そこまで優しくも悠長でもない」

（やはり、なにかあるのか⁉）

　レイモンドは恐ろしくなってきた。

　フランが腰を浮かせてはしゃぐ。

「おおっ、花火ですか⁉　あげちゃいますか！　大きいの、どか～んって、やっちゃいますか～。いいですね～」

　わずかに驚いた顔をしたツァオだったが、肩を揺らして笑った。

「フフフ……そうですね。せっかくのお祭りです。せいぜい楽しく盛り上げないと、わざわざ異国から来た意味がないというものです」

　ガルシアがキリングベアの笑みを浮かべていた。

「上等だ。何をしようとも、この街を仕切ってるのは俺たちだってことを思い知らせてやる」

「フフ……」

「ククク……」

「おおっ、いいですね～。お祭りらしく盛り上がってきましたね！」

　フランがグラスを片手に掲げて。

「よし！　乾杯しましょう！　記念祭の前祝いってことで！」

「……いいでしょう。これも、なにかの縁」

「ふんっ……おい親父、一杯くれ」

「ヘイ、わりゃした！」

　レイモンドは消えそうな声で頼む。

「あ、ひとつは水かお茶でお願いします」

　フランは未成年なので、そのほうがいいだろう。

「ヘイ」

　四つのグラスが置かれ、透明な液体が、なみなみと注がれた。ひとつは水だが。

（あれ？　まさか、僕も乾杯するのか……？）

　どうやら、そういう流れだった。

　レイモンドは震える手をグラスに伸ばす。ところが、横からフランが何の考えもなさそうな勢いでグラスを持っていってしまった。水じゃないやつを。

「ちょっ……フランちゃん⁉」

「はい、乾杯～‼」

　彼女はグラスを掲げて。

「ククク……今年も何も変わらんさ。いつも通りだ。乾杯！」

「フフ……さて、どうでしょうね……乾杯」

「ちょっ……フランちゃん、こっちじゃないと……」

レイモンドが水のグラスを彼女に差し出す。そこに、フランが手にしたグラスをゴッと当ててきた。

「かんぱ～～～い！」

「あっ」

グラスから飛んだ液体が、ガルシアの袖を濡らしてしまう。

「…………」

彼が目を細めた。

レイモンドは、心臓が止まった——と思った。

喉がからからに渇いて、全身の毛穴という毛穴から汗が噴き出す。

「…………すすすみません、袖に……あ、その……」

また背中をバンバンと叩かれる。

「あははっ！　なに気にしてるんですか、レイモンドさん！　お祝いの席なんですから、そんな小さなこと言ってちゃらモテましぇんよ～？」

とうとう、フランは呂律が回らなくなってきた。

そのまま肩を倒して、もたれかかってくる。

やわらかくて、いい匂いが……。

（いや、それどころじゃない！）

この状況を残して、自分だけ夢の国に旅立たれても、とっても困る。

フランを支え、左右を見た。

さっきまで、なんだかんだ言って機嫌よさそうにしていたガルシアとツァオが、今にも殺し合いを始めそうな恐ろしい表情をしている。

（な、な、なんだ⁉）

「チッ……」

「どうやら、お遊びはここまでのようです」

二人が席を立った。

殺気に満ちた声を交わす。

「ルバーチェ商会に手を出すってことは、覚悟できてんだろうな？」

「惜しいかな、貴方がトップではない。それが、そちらの弱点ですよ」

「うちの会長の悪口ならやめとけや。いろいろと恩があるんでな」

「フッ……」

こうなったら、もう走って逃げるか？　とレイモンドは考える。

しかし、フランを置いていてはいけない。

（どうしたら？）

そのとき、まばゆい光が周囲を照らし出した。


ガチャガチャと金属音をさせて、武装した警備隊が列を成す。

強烈な光は、警備隊の装甲車からのものだ。

さらに、大型の導力銃を携えた警察官まで現れた。

無数の照明を背に、数名が近づいてくる。

レイモンドは呆然と眺めていた。

支えていたフランが——どうやら、少し寝ていたらしい。目を開けると、まぶしそうにしつつも。

「あっ、お姉ちゃん⁉」

叫んだ。

光のなかを歩いてくる者たちが、駆け寄ってくる。

そのひとりは、警備隊のノエル・シーカー曹長だった。

「フラン！」

「お姉ちゃん⁉　迎えに来てくれたの？　ありがと〜」

「なに言ってるの、あなたが何かの事件に巻きこまれたって聞いて……どういうこと!?」

「事件？ わたしたちは、ラーメン食べてただけだけど……なにかあったの？」

「えっ、ラーメン……食べてたの？ 一緒に？」

「うん」

「……マフィアと？」

「なんのこと？」

ノエルと一緒に来たのは、特務支援課の面々だった。

ロイドが、ガルシアとツァオと向き合う。

「これは、いったい？」

「ククク……こっちが聞きたいぜ」

「フッ……私たちは屋台で食事していただけですよ、ロイドさん」

「ええっ!?」

説明を求める視線が、ロイドたちからレイモンドに向けられた。

「ははは……こ、困ったな～」

おそらくエニグマは、うまく操作できていたのだ。

助けを求める声は受付嬢のレベッカに届いた。

それが、どう伝わったのか……？

結果、港湾区に警備隊の装甲車と、重装備の警察官が列をなしていた。

ガルシアが高笑いする。

「ハッハッハッ！　俺の知らないうちに、屋台でラーメンを食べちゃいけねえって法律でもできたのかよ？」

「私は仕事が残っているので失礼しますよ、ロイドさん」

ツァオが丁寧に頭をさげた。

ロイドは笑みを浮かべる。

「お騒がせして、もうしわけありません。トラブルや事件がなかったのなら本当によかったです。これからも、ずっと、そうありたいものです」

「ククク……小僧が、言うじゃねえか」

「フフ……そうですね、平和が一番です。それでは、またいずれ」

ガルシアとツァオは最後に視線を交わすと、結局はなにも言わずに、それぞれの事務所へと帰っていった。

フランがノエルにへばりついている。

ロイドたちは警備隊と警察に事情を説明しにいった。

「…………………」

呆然と立っていたレイモンドのエニグマが、けたたましい音をたてる。

「あ、はい！」

『おい、レイモンド、なにが起きた⁉』

ドノバン警部だ。

かなり怒っている声だった。警察官の誤報で警備隊まで出動したとあっては当然か。

「えっと……屋台で……ちょっとした誤解がありまして～」

『なんだと～⁉』

「す、すみません！」

『ばかもん！　明日までに詳細な報告書を用意しろ！』

「あわわ、明日まで～⁉」

『レイモンド！』

「は、はい！」

『ケガは……ないんだな？』

「あ……はい。あの……大丈夫です……僕もフランちゃんも」

『うむ。それならいい』

「警部……」

エニグマでの通信を終える。

フランはノエルに預けた。ロイドたちが警備隊や警察官への説明をしてくれて、彼らは粛々と引き上げる。

やがて、何事もなかったかのようにレイモンドだけが残された。

今頃になって、屋台のラーメンの匂いが鼻に絡む。

食べたけど、ぜんぜん味を覚えてない。

「なんか、もったいなかったな〜」

振り向くと店主が立っていた。

「ああ、騒がしくしちゃって申し訳なかったね」

「いやいや、それより、お客さん」

「ん？」

「ラーメン三杯と、激辛ラーメン二杯と、ネギラーメン一杯、全部でこんだけなんで」

「……は？」

「まいどありゃっした！」

「ぼ……僕が……？」

「こんだけなんで！　ありゃっした！」

「あ、はい」

差し出された手に、レイモンドは財布からミラを支払う。

すっかり懐が寂しくなった。

あいつら、支払わずに帰りやがった！

警察官になって、これほど悪を憎んだことはない。

ぐっと拳を握りしめる。

港湾区から見える夜のエルム湖へと叫ぶ。

「おのれ、マフィアども！　ぜったいに許さないぞー‼」

# 第4話

## 『ジュリ・ラプソディー』

新市長ディーター・クロイスにより、西ゼムリア通商会議が開催された。

エレボニア帝国やカルバード共和国からクロスベル市に要人たちが集まってくる。

世界のトップたる人物たちを一目見よう、歴史的瞬間に立ち会おう、という観光客が押し寄せ、街は大騒ぎになっていた。

そんな高揚した雰囲気のなか――

中央広場へ、特務支援課の面々はやってきた。

青と白のジャケットを着た、ブラウンの髪の青年ロイド・バニングスは、クロスベル警察の特務支援課でリーダーを務める若手捜査官だ。

「かなり賑わってるな。まるで記念祭みたいだ」

「本当、すごいわね。これだけ大勢の人がいたらトラブルも増えて当然だわ」

うなずいたのは、パールグレイの髪の美しい少女だった。名をエリィ・マクダエルという。

このクロスベル自治州の議長を祖父に持ち、その補佐をしていたこともあるほどの才媛だ。

「あら？　もしかして……あそこにいるのは……」

「どうした、お嬢？」

彼女の視線を追いかけつつ、体格のいい赤毛の青年――ランディ・オルランドが声をかけた。

元警備隊員で、ときどき素行不良ではあるものの、頼れる兄貴分だ。

エリィがつぶやく。

「……今、シュリちゃんがいたような気がして」

「シュリが？」

ロイドもエリィの見ている先に視線を投げた。人混みのなかから、知り合いの顔を見つける。

髪を短く切って、ズボンを穿いている少女だった。

まるで少年のような格好をしているが、アルカンシェル劇場で稽古に励んでいる女優の卵だ。

まだ十三歳でしかないが、貧しい暮らしをしていたところ、大スターであるイリア・プラティエに才能を見いだされ、今や期待の大型新人である。

「ん？　アンタたちか」

「やあ、シュリ。今日は練習はお休みかい？」

「夕方まではな。今夜は夜に外国の偉い人たちを招いてのステージがあるからさ」

「なるほど。英気を養ってるわけか」

「オレは出番がないから関係ないんだけど……でも、イリアさんから休むように言われてさ」

ぶっきらぼうなしゃべり方も、男の子みたいだ。普段、他の人にはもうすこし愛嬌があるのだが、ロイドは特別に警戒心を向けられていた。

それというのも――

最初に出会ったときに、ロイドはシュリを男の子だと勘違いしてしまった。

すばしっこいシュリを怪我させずに捕まえるため、胴体を掴んだのだが……女性だと気付いていれば触らなかったところに全力で触ってしまった。

それ以来、どうにも距離のある関係が続いている。ロイドとしては面目次第もないところだった。

シュリが睨んでくる。

「ふん……アンタたちは今日も仕事かよ」

「ああ、通商会議の期間中は各国の要人が来てるし、観光客も多くなるからね。警察官が休みを取るわけにはいかないよ」

横で聞いていたランディがぼやく。

「やれやれだぜ。それにしたって、もうすこし休みが欲しいね」

エリィが苦笑しつつ、生真面目なことを言う。

「仕方ないわ。いつも以上に支援要請が来ているんだもの。通商会議に参加しているのは、いずれも歴史を変えうるような人物ばかり……警戒して警戒しすぎるということはないわ。警備に当たっている警察官たちが任務に集中できるよう、街中のトラブルは私たちが解決しないとね」

「ああ。そういう活動のひとつひとつは、きっとこの街《クロスベル》をよくすることに繋がってるはずだ」

ロイドは決意を新たにした。

シュリが溜息をつく。

「いいよな……」

「ん？　どうしたんだ、シュリ？」

「やることがあって羨ましいよ。どうにも、休みは苦手でさ。退屈すぎるし、オレなんか、ぜんぜん演技ができてなくって、あれもこれも練習しとかないとって……焦るばっかりなんだよな」

「なるほど。でも、休むのはイリアさんの指示なんだろう？」

「もちろん！　そうじゃなかったら、どこでだって……まぁ、イリアさんに言われたから、隠れて練習なんてしないけどさ。はぁ～……なぁ、今、何時だっけ？」

「え？　えっと……12時５分だな」

「なんだ、そんだけしか経ってないのか。あと３時間と55分もあるじゃん」

　シュリがうめいた。

　エリィが眉をひそめる。

「……だいぶ気が急いているようね」

　ランディが肩をすくめた。

「仕方ねえさ。アルカンシェルの一員ってだけで、並大抵のプレッシャーじゃないと思うぜ」

　ロイドは舞台のことはわからない。

　なにも手伝えることはないが、彼女の顔色を見ていると、ついつい心配になってしまう。

「大丈夫か、シュリ？」

「ん？　ああ、当然だろ。オレはイリアさんやリーシャ姉に鍛えてもらってるんだ。絶対に失敗なんかしない！」

「そういう意味じゃないんだが……」

ちょっと気負いすぎではないだろうか？　と思うロイドだが……もう彼女はプロなのだから素人の自分が意見するなんて失礼だろう、と口をつぐんだ。

シュリがふらふらと歩きはじめる。

「そろそろ行くよ。仕事の邪魔して悪かったな」

「あ、いや……またな、シュリ」

彼女は片手を挙げて中央広場から、港湾区のほうへと歩いて行った。


シュリを見送ってから、オーバルストアに向かう。

ちょうど仲間が店から出てくるところだった。

モスグリーンの帽子をかぶった少女は、ノエル・シーカー曹長。警備隊に所属しているが、現在は、特務支援課に出向している。

「ロイドさん、こっちです！」

「おつかれ、ノエル、ワジ」

「お待たせしたね」

涼やかな笑みを浮かべたのは、ワジ・ヘミスフィアだった。不良グループ《テスタメンツ》のヘッドにもかかわらず、あれこれと伝手《つて》を使い、臨時の準メンバーとして支援課に所属している。

「フフ……君を待たせるなんて僕のポリシーに反するけれど、こればかりは許してほしい。後で存分にお詫びをさせてもらうからさ。勿論、ふたりきりでね」

「妙な言い方はしないでくれ。オーブメントの調整をしてただけなんだから」

「フフ……まぁ、そうなんだけどね」

「それで、もう終わったのか？」

ロイドが問うと、ノエルが嬉しそうに目を細めた。

「はい！　ちゃんと調整してもらいました。《エニグマⅡ》のスロットを解放して、前に入手した《石化の刃》のクオーツをセットして――これで今まで以上に、皆さんのお役に立てます！」

「期待してるよ、ノエル。よろしく頼む」

「僕も同じかな」

「わかった。じゃあ、早速、支援要請を受けよう」

ロイドの言葉を受けて、エリィが捜査手帳を開いた。

「えっと……

〝帝国からの演奏旅行で、共にクロスベルを訪れた演奏家が行方不明になった。

至急、探し出して頂けないだろうか？

詳しい事情は直接お話ししたい。

クロスベル駅にてお待ちしている〟

「――こういう依頼みたいね」

「外国人の行方不明者か……不案内な土地で迷っているだけならともかく、なにか事件に巻きこまれた可能性もある。急いで探し出そう」

ロイドの言葉に、全員がうなずいた。


シュリは港湾区へとやってきた。

とくに用事があったわけではなく、たまたま足を向けたら、ここだった。

鉄柵に背を預け、時ならぬお祭りに沸く街の人々を眺める。

花壇に囲まれたスペースで、イベントが開かれていた。

ＭＷＬ《ミシュラム・ワンダーランド》のマスコットキャラクターである、みっしぃを大勢の観客が囲んでいる。

「みししっ☆　みんな、楽しんでる～？」

ノリのいい子供だけが返事をした。

みっしぃが首をかしげる。

「あれれ？　ちょっとしか聞こえないぞ～。みんな、楽しんでる～？」

ワーッと、さっきよりは大きな声が聞こえた。最初は照れていた大人たちも、今度は盛り上がっている。

みっしぃが片手を突きあげた。

「イェ～イ☆　レッツ、ダ～ンス！　みっしぃダンスショーだヨ～！」

着ぐるみなので、ドタドタした感じではあるのだが、その動きのなかにも機敏さが垣間見える。

もしかすると、あの足運びの全てが演技なのだろうか？

シュリは人垣の隙間から見えるみっしぃに、じっと目を凝らした。

（……オレは、あれより上手く演技できてるのか？）

ぶんぶん、と頭を振る。

「はぁ～……ばかかよ……オレはアルカンシェルの舞台で踊るんだぞ？　みっしぃを参考にしてどうすんだよ……」

イリアさんなら、なんでも舞台のヒントにしてしまうかもしれないが、まず自分には基本が大切だ――とシュリは思う。

休み中に踊ったり歌ったりは厳禁されているが、指でリズムを取るくらいは大丈夫だろう。

シュリは心の中で舞台で使われる曲を流し、たんたんと指で柵を叩いた。

そのメロディが、唐突に始まった演奏で中断される。

「ラララ～ラララァ～～～……」

港湾区の広場に歌いながら歩いてきたやつがいた。

ロイドより年上だろうか。美しい金髪で顔も整っている。いわゆる美男子だ。

装飾過剰な白いコートはセンスを疑うが、持っているリュートは素人が見てもひと目で高級品だとわかった。

そいつの歌が、シュリのリズムを上書きする。

「流れ行く　星の軌跡は……
道しるべ　君へ続く……
焦がれれば　想い　胸を裂き……
苦しさを　月が笑う……
叶うことなどない　はかない望みなら……
せめてひとつ　傷を残そう……
はじめての接吻　さよならの接吻……

君の涙を　琥珀にして……
永遠の愛　閉じ込めよう……」

その場で一回転した。

キラッと、こちらへウィンク☆

思わず、シュリは身を引いてしまった。

「な、なんだ？」

「フッ……まだまだボクの演奏が聴きたいようだね」

「えっ？　それは、もしかして、オレに言ってるのか？」

「仕方がない。観客が残っているうちは曲を奏でるのが、真の演奏家というものだ」

「なぁ、だから、その観客ってのは、オレのことなのか？」

シュリの問いかけなど無視して、彼は言葉を続ける。

「フッ……君は運がいい。偶然にもこの天才演奏家オリビエ・レンハイムのリサイタルに出くわす事ができたのだから」

「え、有名人……なのか？　とても、そうは思えないんだけど……名前とか聞いたこともないし、演奏も……」

「いいだろう。その期待の眼差しにお答えして《琥珀の愛》の2番を披露させていただくよ。

存分に楽しんで、一生の思い出にしてくれたまえ‼」

「待て待て、今、イベントやってるだろ⁉ そういうのって、マナー違反じゃないのか？」

「むっ？」

ようやく、オリビエと名乗った自称天才演奏家は、動きを止《と》めてくれた。

だいぶ騒がしいので、実際にイベントの邪魔になるかはわからない。

シュリたちがいるのは、広場といっても端のほうだから、ほとんどの人に気付かれてすらいなかった。

それでも——

「……それでも……誰かが頑張って演じてるときに、邪魔するようなことすんなよ」

視線を中央のイベントに向ける。

みっしぃが踊りはじめていた。

「飛び入りも歓迎だよ～。みししっ☆」

着ぐるみなので、やっぱりドタドタしているのだが、不安な動きというものがない。熟練を感じさせる踊りだった。

オリビエがビシッと指さしてくる。

「なるほど。つまり君は、こう言いたいのか……真の演奏家ならば、あのダンスを踊って見せろ、と」

「はぁっ⁉」

「いいだろう、ボクも見ていたら、踊りたくなってきたところだ」

「いや……言ってねえよ⁉　つーか、アンタが踊りたくなっただけだろ⁉」

そもそも、演奏家とダンスは関係ないと思う。

しかし、彼は人の話を聞いていない。

「これを持っていてくれたまえ」

シュリの胸元に、オリビエがリュートを押しつけてきた。

思わず受け取ってしまう。

だって、すごく綺麗で、高級品だと一目でわかる。こんなの、もしも受け取らないで地面に落としてしまったら、大変だ！

ニコッ、とオリビエが嬉しそうに口元を緩めた。

さっそうと柵を飛び越えてしまう。

「ヘイ、そこのみっしぃ君！　ボクが飛び入りしようじゃないか！」

「みししっ、ノリのいいおにーさんだネ～！　カモン、カモン、エンジョーイ、ダンシーング☆」

「イェスッ‼」

「お、おい……ちょっと……⁉」

シュリはリュートを抱えたまま、その様子を見ていた。

意外と上手い。演奏もダンスも独特だが、それゆえの魅力がある。

しかし、これくらいの踊りができる者なら、アルカンシェル劇団にはいくらでもいる。

そうではなくて……

技術ではない部分にシュリは惹きつけられ、見つめてしまった。

（……すごく、楽しそうだな）

ダンスの最中――

慌てた様子でロイドたち支援課の面々がやってきた。緊張した様子でダンスを見つめる。

（……もしかして、なんか事件でもあったのか？）

みっしぃが中央でぐるぐる回りはじめた。

「さー、みんないくヨ～！

　　　エンジョーイ、みっしぃ☆」

観客たちから大きな唱和があがった。そして、拍手喝采が起きる。

オリビエとみっしぃが、ガッシリと固い握手を交わした。

「ハッハッハ……さすがだね、みっしぃ君。キミのダンシング・センスには、はっきり言って脱帽したよ！」

「みししっ、おにーさんも、とっても上手だったヨ～☆」

オリビエがみっしぃと話をしている。

むしろ、旧知の友だちみたいに打ち解けていた。

盛り上がったみたいだから、あれはアリなのか？

イベントが一段落したところで、支援課のロイドたちが、ステージの前に立った。

オリビエが溜息をつく。

「おや……どうやら、迎えが来てしまったようだ」

「ミュラーさんが待っています。一緒に来てもらいますよ」

ロイドが一歩、前に出る。

オリビエが、みっしぃのほうを向いた。

「みっしぃ君……すまないが、ボクはここで退散させてもらうよ」

「ありゃりゃ、それはザンネン～。みししっ、今度はゼッタイ、ワンダーランドにも来てよネ～」

「フッ、その頼み……いつか必ず果たさせてもらおう。この別れはあまりに辛い。だからこそボクらの絆はかけがえのないものとなるだろう！　また会おう、親友《アディオス・アミーゴ》‼」

叫びながら、柵を跳び越えた。

ロイドが目を丸くする。

「ああっ⁉　ま、また逃げられた！」

驚愕したのは彼だけではない。広場の端で見ていたシュリもだった。

「ア、アイツ……どうすんだ、これ。おおい！」

気がついたときには、リュートを抱きかかえたまま走りだしていた。


特務支援課を振り切るだけのことはある。

彼は柵を跳び越え、道なき道を走り、野を駆ける獣のごとくだ。

住宅街までやってきた。

「フッ……ここまで来れば……」

「はぁ、はぁ、はぁ……ようやく、追いついたぜ！」

「アレッ!?　君は、さっき港にいた子じゃないか」

「アンタなぁ……これ！」

シュリはリュートを突き返す。

オリビエが唖然となった。

「もしかして、これをボクに渡すために追いかけてきてくれたのかい？」

「アンタが急にいなくなるからだ。大切な物なんだろ」

「……信じられる人物だと思ったから預けたのだが……まさか、ここまで追いかけてきてくれるとは」

「オレは……絶対に盗みとか、しない」

シュリは拳を握った。

オリビエが黄金の髪をかきあげる。

「感動したよ。そんなにも……ボクの演奏を聴きたかったなんて！　走って追いかけてきてくれるなんて。ボクの歌のために」

「はぁ!?」

「さぁ、今こそ君の期待に応えようじゃないか」

「いや、べつにいいって。よく考えたら、警察官がいたんだから渡せばよかった……あっ、そういや……ど、どうして、ロイドたちに追われてるんだ!?」

突然いろいろなことが起こりすぎて、考えが足りていなかった。

シュリは後ずさりする。

「アンタ、犯罪者なのか？」

「フッ……友人が警察に依頼してまでボクを捜しているのさ。彼の心配性も相変わらずだよ。この程度の時を別々に過ごしたところで、ボクらの愛は薄れはしないのに」

「友だちなのに愛……？　よくわかんねえ。アンタ、嘘ついてないだろうな」

「ボクは清廉潔白さっ。それでは、熱烈なファンのリクエストに応えて演奏を………むっ!?」

突然、オリビエが表情をこわばらせた。

　びくっ、とシュリは身を固くする。

「な、なんだ⁉」

「君！　その服は⁉」

「はぁ？　オレの服……どうかしたか？　べつに似合ってるとは思ってねえから放っとけ」

「そんなわけにはいかない。だいぶ汚れてしまってるじゃないか。このほつれも、さっきはなかったはず」

　言われてみると――

　鉄柵を乗り越えたり、草木の間を走ったりしたせいか、シュリの服には汚れや破れがあった。

「ああ……まぁ、このくらいなら直せるだろ」

　昔は日常茶飯事だった。

　ところが、恐いくらいオリビエが迫ってくる。

「ダメだ。そんなことはボクが許さない」

「な、なんだよ……ひとの格好にダメ出しする気か？　アンタにだけは言われたくないぞ」

「お詫びに服をプレゼントさせてくれたまえ！　なに、時間は取らせないよ。いい店があると聞いてるからね」

「え？　いいって。これくらい、オレは気にしないから」

「それではボクの気持ちが収まらない。この情熱を歌にすれば伝わるだろうか⁉」

「やめろ……まぁ、くれるっていうなら、いいかな。どうせ暇だし」

こんな住宅街の真ん中で演奏会をはじめられるよりはマシだと思った。

ふたりして歓楽街へ向かう。


シュリは不安になった。

「服を買うんだろ？　中央広場の百貨店《タイムズ》とかじゃないのか？」

「クロスベルで女性へ衣服や装飾品をプレゼントするなら、ミシュラムか、この辺りだと聞いたんだ」

「そ、そうしょくひんだ……と？」

連れて来られたのは、高級ホテルにある高級ブティックだった。どのくらい高級かというと高級すぎてシュリにはよくわからない。

光っているかのように艶のあるドレスや、見たこともない宝石が売っている。

「ん？　このイヤリング……前にイリアさんが付けてたのに似てるな……ファンからの贈り物って言ってたけど……」

値札に視線を落とす。

ゼロがいっぱい付いていた。

「うげっ⁉」

「それが気に入ったのかい？　よかったら、ボクが」

「ば、ばか言うな。家が買えるぞ⁉」

「さすがに、それは無理だと思うけど……しかし、君には、もっと明るい雰囲気のほうが似合いそうだね。よし、これがいいかな。ああ、帽子も悪くない」

「おいおい……なに買う気だ？」

「いいから任せておきたまえ。これでも女性のエスコートには慣れているんだ。みんな笑顔になってくれる」

「それ、苦笑いだぞ、きっと」

「ふむ……ドレスは、これがいいか」

「オレになにを着せる気だ⁉　か、帰る！」

「なんだって⁉　それは本気かい？　やっぱり、ボクの情熱を伝えるには歌しかないってことだね」

「ぐっ……」

これを放置して逃げるなんて、とても店に迷惑になるだろう。

そんなことはできない。

まだシュリの顔は、街の人たちに広まっていないが、アルカンシェル劇団の一員として自覚を持って行動するように、と団長から常々言われている。

「あ、あまり派手なのは嫌だからなっ」

「わかっているとも！　ボクは謙虚さを心得たジェントルメ〜ンだからねっ」

胸に手を当てたオリビエが、雪のように白くて金銀があしらわれた端々に宝石の光るコートをひるがえした。

説得力がない。

そして、シュリの予想は半ば当たってしまう。

着せられた服は、上等なドレスだった。

白くてひらひらしたワンピースで、肩にもフリルがついている。腰を布でしばり、後ろで大きなリボンにしていた。

水色のアームカバーと、同色のハイヒールは、銀の刺繍と紅玉で飾られている。

シュリは背中に、じっとりと汗をかいてしまった。

アルカンシェル劇場を訪れる貴婦人たちが、こうしたドレスを着てくるのは見ている。

しかし、自分がこんなものを着ることになるとは想像すらしたことがなかった。

「な、なんだよ、この服……ひらひらしてて……踊るのか？　靴も細すぎるし……なんでカカトが高いんだ？」

「歩きにくいかい？」

「べつに。バランスのトレーニングにもならねえけど」

「ほぅ……」

すこし歩いただけで、オリビエが感嘆をこぼした。

離れて見ていた店員たちも、うっとりと見とれている。

シュリはドレスの裾をつまんだ。

さわり心地が違う。

「なぁ、オレには、こんなの似合わないだろ？」

「まさか。とても似合っているよ。このドレスが君より相応しい者などいるはずがない。女神《エイドス》とボクの真心に誓って」

「アンタの真心はどうにも信用できないけど……それにしたって、高いんじゃないのか？」

「もちろん、高級品だとも。そして、もう支払ってしまったから、君が着てくれないと困ったことになる」

「もう買ったのかよ!?」

「袖を通すなら、支払いを済ませておかないとね」

「こ、高級品って……そうなのか。試着とかないのかよ」

店員が困惑したような顔をしている。

これ以上もめていると、店に迷惑をかけてしまいそうだ。

シュリは観念した。

店に入ったのが、そもそもの敗因だったか。

「はぁ～……もう買っちゃったなら貰っておくけど……ただ、リュートを届けたくらいでコレじゃ、不釣り合いだろ。オレにできることはあるか？　あ、４時から練習があるから、それまでだけど」

店の時計を見ると、残り２時間といったところだった。

オリビエが嬉しそうに。

「それでは、ぜひとも街を案内してくれたまえ。ボクも明日には忙しくなる身でね。今日のうちに、クロスベルを存分に堪能しておきたいんだ」

「ああ、わかった」

「そうそう……これも」

シュリは頭に、大きなリボンの結ばれた白い帽子がかぶせられる。

姿見に映った自分に、思わず顔を赤らめた。

「だ、だれだ、コイツ……ぜったいオレじゃねえ」

「うん、とても綺麗だ」

「黙れって」

「さぁ、行こうか」

店員たちの声を背に受けながら、シュリはオリビエと一緒に街へと出た。

「すこし遅くなったが、お昼を食べようじゃないか」

「オレ、そんなすごい店とか知らねえぞ」

「君がいつも食べているものがいい」

「いつも？　それなら、美味しいラーメン屋台が……待てよ……この格好だとヤバイな。飛ぶもんな、汁が」

「ボクは気にしないけど」

「無理だ。ハンバーガー……ピザ……あっ、西通りのほうに美味いパン屋があったな。ランチもやってるはずだから、そこにしようぜ」

シュリたちは西通りで昼食を取った。

オリビエは喜んでくれたが、シュリのほうは周りからの視線が気になってしまい、あまり味がわからなかった。

落ち着かない。

その後、中央広場に出て大道芸を眺める。

ひょうきんなピエロのお手玉に、オリビエが飛び入り参加して真似をしはじめた。

五つの玉を右手で上げて、左手で受けて、まるで輪のように回していく。

最初は調子よかったが、手元が狂ったらしく、放り上げた玉が全部、彼の頭のうえに落ちてきた。

ぷっ、とシュリはふきだす。

「あははは……なにやってんだよ」

「フフ……いや〜、意外と難しいものだね。見てるぶんには簡単そうなのに」

「そりゃそうだ。ぷはは……ぜんぶ、頭に当たるとか……ぷはは、むしろ、そのほうが難しいんじゃないか?」

オリビエが穏やかに微笑む。

「やっと、笑ってくれたね」

「え?」

「うん。ボクが思ったとおり、君は笑顔がよく似合う」

「な、なに言ってんだよ！　ばかじゃねえのか⁉」

シュリの顔が熱くなってくる。

オリビエが颯爽とリュートを構えた。

「この感動を歌にして、広場にいる全ての人に届けよう！」

「や・め・ろ！」

　逃げるようにシュリは歩きだす。

　ラララ～、と歌いかけた彼が、あわててついてきた。

「どうしたんだい？　演奏はこれからだよ？　あっ、場所を変えるのかな。ふたりきりの演奏会がいいなんて、ふふ……欲張りさんめ」

「黙れ。蹴飛ばすぞ」

　睨みつける。

　ハイヒールを穿いても頭ひとつぶん以上の差があるので、ぐっと見上げる感じになった。

　オリビエはニコニコと笑顔だ。

「……アンタ、本当に楽しそうだな」

「もちろんだとも。ミュラーに管理される生活も愛が感じられて幸せだが、クロスベルは珍しいものが多い。なにより、君といると飽きないからね」

「なんだそれ……意味わかんねえ」

「君は楽しくないのかい？」

「どうかな。昔に比べたら……今は最高に幸せだよ。食べる物にも、寝る場所にも困ってないし、病気になったときに看病してくれる人もいる。打ち込める目標もある。だから……なくしたくないと思うから……がんばってるんだけど」

「それは〝楽しむ〟というのとは違うね。〝大切にする〟というのは、また別のことだ」

「……そうだな。イリ……えっと……いろいろと教えてくれてる人からも〝楽しむことが一番〟って言われてるんだけどさ。アンタみたいには、できないよ」

「ボクは天才演奏家だからねっ」

「はっきり言って、アンタ、そんなに上手くないじゃん。それなのに、どうして、そんなに楽しそうなんだ？」

　オリビエが固まってしまう。

　やがて格好つけて笑いはじめた。

「…………フッ……天才とは理解されない宿命を背負っているのだな……フフフ……悲運の天才演奏家。いいぞ、それはそれでいい感じだ」

「な、なんか、すごく嬉しそうだけど、褒めてないからな？　にやにやすんなよ、気持ち悪い」

「フフ……この罵倒。そして、後世に高く評価され、理解されなかった悲運に人々は涙するのか。素晴らしいぢゃないか！」

　オリビエが一回転して、ウィンクをかました。

　キラキラと輝く。

　がっくり、とシュリは肩を落とした。

「ごめん……謝るから、その変に嬉しそうな顔はやめてくれ」

「もっと蔑んでくれたまえ。さあ！」

「いや、もういい。本当……オレも……アンタみたいな性格だったらな」

「今度は憧れの的かい？」

「ちょっと違うけどさ。プレッシャーとか感じたことないだろ？」

「プレッシャーか。そうだな……帝国、共和国、リベール、レミフェリアの代表が一堂に集まり、軍事経済について会談するのは、さすがに笑ってもいられないかな」

「な、なんの話だ？」

「フッ……ものの例えだよ」

「ふぅん？」

「高い視点で大局を見れば、たいていのことは些事にすぎない。このボクたちの人生さえも、巨大な星から見れば、ささいなことじゃないか」

「オレは星じゃねえから、よくわかんないけど」

「そうだな。ボクも星じゃなかった。それでは……」

「まぁ、なんとなく言いたいとこはわかったよ。たぶんな」

シュリのぶっきらぼうな言葉に、オリビエが目を細めて、うなずいた。

「君の役に立てたなら、嬉しいよ」

「あ、うん……ありがとう」

「ん？」

「なんでもねえよ！」

シュリは自分でもよくわからない理由で顔を隠すように、白い帽子のつばを引いた。うつむく。

「もう、時間がなくなるぞ。他のとこを見ようぜ」

「どこへ行こうか？」

「……そうだな……東にするか」東通りで、シュリたちは屋台などを見て回った。

それほど珍しくないだろうと思ったが、オリビエにとっては新鮮だったらしい。

そろそろ劇場に戻ろうかという頃――

肩がぶつかった、と言いがかりをつけられた。

オリビエがシュリをかばうように立つ。

「大丈夫だよ」

「お、おい……」

絡んできた相手を見て、シュリは緊張を高めた。

（こいつら、《サーベルバイパー》じゃないか。最近、荒れてるって噂だったけど……こんな昼間から、東通りで絡んでくるなんて）

顔見知りはいないが、昔は宿無しの生活をしていたため、それなりに詳しい。

彼らは旧市街を根城にしている不良グループだった。最近、リーダーに何かあったらしく、統制が取れていない。

ケンカが増えているとは聞いていたが……

街の人々は恐がって見ているだけだ。

当然だろう。

サーベルバイパーといえば、地元で知らぬ者がいないほどの荒くれだ。

威圧的な格好の若者が詰め寄ってくる。全部で四人ほど。

「オイオイ、肩が折れたぞ、どうしてくれんだ⁉」

「テメェ、慰謝料、置いてくか⁉」

「いいコートじゃねえか。そいつを置いてってもいいぜ？」

「へへへ」

シュリは考える――どうやら金持ちだと思って絡まれたらしい。こんな目立つ格好してたら、こういうこともあるか。

走って逃げるか？　警察官より速い自分とオリビエならば……いいや、ダメだ。このドレスとハイヒールでは、それほど速く走れない。

大声をあげるか？　周りの人たちが助けてくれるかもしれない。けれど、助けてもらえなかったら？　相手を怒らせるだけになってしまう。

どうする？

どうすれば？

シュリは、オリビエの横顔を見上げる。

彼は笑っていた。

もしかして、この状況すら楽しんでいるのか⁉

「なぁ……アンタって、もしかして、すごく強かったりするのか？」

「ボクが？　それは…………いや……ぜんぜん。ケンカなんてしたこともないのがボクの自慢さ」

「そ、それじゃ、どうして笑ってんだよ⁉」

「得難い経験だからね。これぞ人生の醍醐味じゃないか。この感動を——」

「歌ってる場合じゃないって！」

不良連中が、手を伸ばしてくる。

「なに、ごちゃごちゃ言ってやがんだ⁉　さっさと、出すもん出せって‼」

「フッ……お断りさせてもらおう」

「なんだと、テメェ⁉　痛い目に遭いたいのか⁉」

「争いはなにも生み出さない。愚かな憎しみの連鎖を紡ぐだけさ。そんな君たちに歌を贈ろう。混沌とした心を解きほぐし、やがて人々を結びつけるような、そんな優しくも切ない歌を……」

「オリビエ、危ない！」

シュリは彼の腕を引っぱる。

ぎりぎりで、不良の振るった拳が、彼の鼻先を通過した。

空気を切る音がする。

「うわっ、かすったよ⁉」

「次は顔面を殴られちゃうぞ⁉　オリビエ、もう逃げるしかない！　走れ‼」

「よし、君だけ行ってくれ。ここは、ボクが引き受けよう」

「なに言ってんだ⁉　ケンカしたこともないくせに」

「フッ……仕方ないさ。ボクが本気を出すと、戦争になってしまうからね」

こんなときまで、なにを言ってるのか意味がわからない。

（だ、誰か……誰か助けて‼）

シュリは目頭が熱くなった。

声がする。

「そこまでだ！」

駆けてくる足音。周りの人たちが、さっと道を開けた。

ブラウンの髪の青年が、武器を手にして走ってくる。

「――なにをしているんだ、お前たち!!」

サーベルバイパーの連中が、あわてて後ずさった。

「ぐっ……オマエらは……!?」

「特務支援課か！」

「オイ、ワジの野郎もいるぞ!?」

「くそっ！　やっちまえ！」

勢いのついた不良たちが、駆けつけたロイドたちに突っこんでいく。

ロイドが身構えて。

「仕方ない……市民に被害が出る前に、制圧する！」

「わかったわ」

エリィが銃を構えた。

ランディが巨大なスタンハルバードを振り回す。

「しょうがねえなぁ。でかい怪我をさせないようにするほうが面倒だってのに」

ワジが肩をすくめた。

「やれやれだね……僕にも責任がないとは言えないけど」

「関係ないと思う！　これはワジくんのせいじゃないでしょ」

ノエルが断言した。

なにがあったかシュリは知らないが、この件に関しては、絡んできた不良たちが悪いのは間違いなかった。

怒声をあげるサーベルバイパーの連中を、ロイドたちが迎え撃つ。

大騒ぎになってしまった。


すっ、とオリビエが後ずさる。

「ここは任せても大丈夫そうだね」

「あ、そういや……アンタ、警察に追われてるんだったな」

「その言い方は、ちょっと誤解を招きそうなんだが。まぁ、その通りだよ……愛の逃避行といったところさ」

「な、なに言ってんだ!?」

「そして、このあたりが潮時のようだ。とっても名残惜しいけれどね」

「え？　あ……」

もうすぐ４時になる。劇団の練習が始まってしまう。

オリビエが寂しそうな顔をした。

「この偶然の出会いと、一緒に過ごせた幸せな時と、切ない別れ、全てが愛おしくボクの心に生涯残るだろう」

「そんなこと言って……どうせオレのことなんて明日には忘れてるだろ」

　オリビエが手を差し伸べ、頬に触れてくる。

「――覚えているさ。そして、また出会う」

「うそつけ。オリビエは外国の人じゃないか」

「本当さ。君の未来は間違いなく輝きに満ちている。なぜなら……」

「なぜなら？」

「この天才演奏家オリビエ・レンハイムのリサイタルを聞くことができたのだから‼」

　はぁ～……とシュリは溜息をついた。

　あれ？　とオリビエが首を傾げる。

「どうしたんだい？」

「もう、いいから行けって。そろそろ、あっちも終わるみたいだぞ」

「フッ……そうするよ。また会おう、親友《アディオス・アミーゴ》‼」


　暴れたサーベルバイパーの連中は、すっかり大人しくなったようだ。エリィとノエルがキツ～くお説教している。

　ロイドがやってきた。

「大丈夫ですか、お嬢さん」

「えっ⁉」

　気付いてない？

　いつもの気安い感じではなく、ロイドが妙にかしこまった雰囲気だった。

　どうやら、シュリだとわかっていないようだ。

　服と帽子だけで……そう思うと、なにやら腹立たしい気持ちになってくる。

「本当に鈍感なんだな」

「え？」

「べつに」

「あの、どちらに行かれる予定ですか？　よかったら、送っていきます」

「アルカンシェル劇場へ、４時までに」

「そうですか。ちょっと急いだほうがいいですね」

「なぁ……本当の本当にわからないのか？」

　シュリは詰め寄る。

　ロイドが慌てはじめた。

「な、なにを……？」

　彼の背後にいるワジが苦笑する。ランディも、ようやく気付いたらしく目を丸くした。

「マジかよ⁉ おいおい、見違えたぜ」

「やれやれ、一目見てわからないなんて、ちょっと甘いんじゃない？」

ワジの言葉に、ロイドが目をこする。

「ふたりとも知ってる女性《ひと》なのか？ もしかして、俺とも会ってるとか？」

これには、ランディもワジも呆れ顔になった。

「ロイド……おまえなぁ……」

「さすがに鈍感すぎるんじゃない？」

「そ、そう言われても……ん？ いや、そんな、まさか、もしかして……」

ぐっ、とシュリは奥歯を噛んだ。

ハイヒールの先で、ロイドの脛を蹴飛ばす。

「オレだよ！」

「シュリ⁉ 痛ッ⁉」

「ふん……そんなに、オレがドレスを着てたらおかしいか」

「いや、さっき会ったときと……違うから…………」

ワジが肩をすくめる。

「男子三日会わざれば刮目して見よと言うけれど、女の子には三時間も必要ないみたいだね」

「そうらしいな。驚いたぜ」

ランディの言葉に、ロイドが首を縦に振った。

「本当に驚いたよ。なにかあったのか、シュリ？」

「なにか……」

ついさっきまでのことを思い出すと、なんだか夢を見ていたような気がして。

どうにも、うまい説明が出てこなかった。

「ふん……教えてやらない。オレは忙しいんだ。またな」

シュリは駆けだした。

ハイヒールだって気にしない。またイリアさんと踊れると思っただけで、まるで翼があるみたいだ。


劇場に戻ったシュリは、そのイリアから、なにがあったのか、そのドレスはどうしたのか、と根負けするまで訊かれ、洗いざらいしゃべらされるのだった。

後日――

もうすぐ幕が開く。

劇が始まる。

シュリは緊張で震えていた。

イリアさんは、いつも通り楽しそうだ。

「うんうん、今日もいっぱいお客さんが入ってるわね。貴賓席まで埋まってると気分がいいわ」

「はぁ……これから新しい演技を見せると思うと、緊張しますね」

不安げなリーシャ姉の言葉を、イリアさんが笑い飛ばす。

「ふふふ……見せてあげたらいいわ。きっと驚いてひっくり返るから」

「そ、そんな」

「シュリ、あんたも黙ってないで何か言いなさい」

「なっ⁉　べ、べつに黙ってたわけじゃなくて、しゃべることがなかっただけだよ」

イリアさんが手招きする。

舞台の横にある小さな窓だった。

「ほら、ここから客席が見えるから。ほらほら」

「いいって」

アルカンシェル劇場『金の太陽、銀の月』のリニューアル版の初公演だ。

お客さんで埋め尽くされて貴賓席まで満員の客席なんて見たら、今以上に緊張してしまうに違いない。

「いいから。見れば落ち着くって」

「そんなのイリアさんだけだよ」

「騙されたと思って」

「ほ、本当かよ」

　シュリは疑い半分に思いつつも、小窓から客席を覗いてみる。

　まだ照明は落とされてなくて、開幕を待つ人々の顔がよく見えた。

　目眩がする。

　倒れてしまいそうだ。

　けれども、なんだか沸き立つ気持ちもあった。

　リーシャが心配そうに声をかけてくる。

「大丈夫？　シュリちゃん、ちょっと恐い顔になっちゃってるけど……」

「え？　いや、なんか、絶対にやってやろう！　って気持ちになったかな」

「そ、そうなの？」

　ふっふっふっ……とイリアが不敵に笑う。

「そうよ！　今日はゼムリア大陸中から大勢のお客さんが来てるわ。各国から取材もね。あたしたちのステージを世界に見せつけてやりましょう」

イリアの言葉に、シュリは気持ちを昂ぶらせた。

世界か。

自分のことが、外国人であるオリビエの目に入ることもあるのだろうか。

彼には何度も驚かされて、驚かされっぱなしだった。

一度くらい、シュリが驚かせてやらないと。

「……この緊張も……人生の醍醐味か」

ブザーが鳴った。

客席の照明が落ちる。

ざわめきが聞こえてきた。

イリアが歩きはじめる。

「――さあ、いくわよ！」

「がんばりましょう」

リーシャが声をかけてくれた。

うなずいて、ふたりの後にシュリも続く。

「はい！」

シュリ・アトレイドの幕があがった。

# 第5話

# 『いつか貴女とお茶会を』

朝食のパンを焼く、香ばしい匂いがただよってくる。

ロイドは階段を降りていった。

ブラウンの髪を手ぐしで整えて、青と白のジャケットの襟を直す。

香りにつられるようにして、キッチンを覗きこんだ。

「やあ、おはよう」

「あら、ロイド。おはよう」

やわらかな笑みで応じたのは、エリィ・マクダエル。パールグレイの髪を腰まで伸ばしている美しい女性だった。

凝った料理は得意ではない彼女だが、もともと手際がいいので、朝食の支度などはいつも時間に正確だ。

「おはよー、ロイド！」

跳ねてて元気いっぱいなライムグリーンの髪をなびかせて、幼い女の子が突っこんでくる。

お皿を持ったまま。

「おっと！　おはよう、キーア」

体当たりのような勢いで抱きついてきたキーアを受け止めつつ、お皿のほうも落とさないように手を添えるロイドだった。

キーアは温かくてやわらかくて、手足が細い。瞳は丸っこくてキラキラして綺麗だった。

しばらく前にロイドたちが、とある屋敷から助け出した子だ。

賢くて人懐っこい性格なのですぐに打ち解けたが、身元不明で、しかも記憶をなくしている。

そのときの事件にマフィアが絡んでいることもあって、ロイドたち特務支援課が保護という名目で預かっているのだった。

しかし、今や、すっかり仲間の一員になっている。

「キーア、朝食の手伝いをしてくれてたのか？」

「うん！」

「ふふ、キーアちゃんは、覚えが早いから助かってるわ」

「あ、サラダの盛りつけしてたんだった」

キーアがキッチン台へと戻る。

つま先立ちしないと届かないくらいの幼い子供だというのに、彼女の前にならんでいるのは、料理コンテストにでも出せそうなほど凝った盛りつけのサラダだった。いつもの皿に、いつものレタスやタマネギやトマトが載っているだけなのに、まるで別物に見える。

ロイドは目を丸くした。

「うわ!?　すごいな、これは！」

「えへへ……やった！」

「本当に上手よね。食べてしまうのがもったいないくらい」

　エリィも手をとめて、感心したように見入っている。

　キーアがオーブンを指さした。

「エリィ、パンができたみたい！」

「あ、本当ね」

　彼女が蓋をあけると、先ほどから香っていた焼きたてパンの美味しそうな匂いが、ふんわりふんわりとキッチンを包みこむ。

「よし、ティオとランディも呼んでくるよ」

「よろしくお願いね。あつつッ!?」

　焼きたてパンに伸ばした手を、エリィがあわてて引っこめた。

　キーアが「これ使って、エリィ」とトングを渡す。

　どっちが手伝いだかわからない——なんて言ったら、さすがに怒られるだろうか。ロイドは苦笑しつつ階段へと戻るのだった。


「じーん……素晴らしいです、キーア。この盛りつけは、永久保存すべきかと」

　お世辞などではなく、心の底から本気で言っている。いつもは無表情なのに、涙さえこぼしそうな顔をして感動しているのは、ティオ・プラトーだ。

ライトブルーの髪のうえに、猫耳のような形の髪飾り《センサー》を乗せた、背の低い少女だった。

ティオはＭ　Ｗ　Ｌ《ミシュラム・ワンダーランド》のマスコットキャラクターみっしぃの大ファンで、控えめに言って熱狂的なマニアだ。それと同じくらいキーアのこととなると、いつものクールさが嘘のように饒舌で感動屋になる。

それだけ可愛がっているということだろう。

年齢ほどには、ティオとキーアは身長差がない。体型も大差なく見えた。

「ん？　なんですか、ロイドさん」

「あ……いや、永久保存とまで言われると、ちょっと食べにくいなあ、と」

「この素晴らしい盛りつけのサラダを食べてしまうなんて、とんでもないです！」

ティオが断言して、テーブルを囲んでいたロイドたちの頭に、汗マークが浮かんだ。

エリィなんて、もうプチトマトを食べてしまっているし。

あはは、とキーアが笑う。

「食べてくれないと、もったいないよ〜」

「……それは、たしかに……残すなら、写真にすべきでしょうか」

「うちにはカメラなんて高級品はないけどな」

「……だとすると、持っている人に頼むべきですね」

カメラを持っている人、といって最初に思いつくのは、神出鬼没な女性記者の顔だった。

さすがにサラダの盛りつけのために呼びつけるわけにはいかない。そんなことしたら、後が恐そうだ。

「ウォン！」

玄関のほうで、ツァイトが鳴いた。

警察犬という扱いにしているが、それは大型の白狼だった。ティオやキーアなら背に乗れてしまいそうなほど大きい。

「あら、まだごはんを出してなかったわね」

エリィが言うと、キーアがイスから、ぽんと下りた。

「キーアがあげてくる！」

「そう？　じゃあ、固焼きパンがあるから、それを食べやすい大きさに割ってあげてね」

「はーい！」

ととと、とキーアがキッチンに駆けていく。

その様子を微笑ましく見守る三人だった。

そういえば――とエリィがロイドに訊ねてくる。

「ランディはどうしたのかしら？」

「一応、返事はしたんだけど、ずいぶん寝ぼけてるみたいだったな。もう一度、声をかけてこようか？」

「昨夜も遅かったみたいね。就業時間までは、まだあるから、寝かせておいてあげたらいいんじゃないかしら？」

「そうするか。ランディなら一瞬で食べちゃうだろうしな」

「……この盛りつけを堪能しないなんて、ランディさんはダメダメです」

「ははは……」

「…………………」

ティオが、ちらりと台所のほうを気にする。

キーアはツァイトの朝食を用意しているようだ。それを確認してから、彼女は声をひそめて。

「……すこし、気になる情報があるんですが」

「情報？」

ティオがキーアの耳に入れないようにしていることは、その様子から明らかだったので、ロイドも声は控えめだ。

「……先ほど、導力端末をチェックしたところ、共和国で指名手配されている犯罪組織が、クロスベルに来ている可能性がある、とのことで」

「外国の犯罪組織か」

クロスベル自治州の特殊性ゆえに、どうしても犯罪者たちに狙われやすいという問題がある。

そうした負の部分を少しでも解消するために、セルゲイ課長の発案で特務支援課は作られ、ロイドたちは賛同して、市民の支援要請に応えているのだが……

「俺たちの仕事は、いつも後手に回るからな」

「そうね……」

エリィが厳しい表情でうなずいた。

ティオも小さく首肯する。

「……その犯罪組織なのですが、どうやら共和国では、主に誘拐事件を起こしていたようです」

「ッ!?」

ロイドは息を呑んだ。

ティオがキーアに聞かせたくない、と配慮するわけだ。キーアを保護したときの状況からすると、彼女は誘拐事件の被害者である可能性が高い。

「まさか、その犯罪組織……キーアと関係があるのか？」

「どうでしょうか？　時期的には無関係とは断言できませんが……」

「決めつけるのは危険だな」

「はい……いずれにしても、誘拐となれば各国の警察組織はもちろん、遊撃士協会も協力して最優先で解決に当たる重犯罪です……絶対に許せません……」

いつにも増して、彼女の表情は固かった。

エリィが気遣うように尋ねる。

「ティオちゃん？　顔色が悪いけれど、大丈夫なの？」

「……………はい。問題ありません」

「それなら、いいのだけれど……なにかあるなら、遠慮せずに言ってくれると嬉しいわ」

「……ありがとうございます、エリィさん」

あまり感情を表に出さないので、ロイドは気付くのが遅れたが――言われてみると、ティオの顔色は普段よりも白くなっていた。

きゅっ、と唇を引き結んでいる。

なにかに耐えているような、そんな様子だった。

気にはなるが……

ティオが語らない以上、ロイドは無理に聞きだそうとはしなかった。

彼女が深呼吸して言葉を続ける。

「……それだけ、放っておけない犯罪だということです……一刻も早く逮捕しなければなりません」

「ああ、もちろん、そんな連中から市民を守るのが、俺たちの役目だからな」

「……共和国に情報提供を要請しています。この件に関しては、さすがに拒否しないでしょう。続報が得られたら、すぐお伝えします」

「頼む」

ロイドは深くうなずいた。

エリィがため息をつく。

「たぶん、ルバーチェ商会が、先日の《黒の競売会《シュバルツオークション》》でトラブルを起こして、勢力を弱めたことが、少なからず影響してるんでしょうね」

「彼らが抑止力になっていた？」

「それは否定できないと思うわ。善し悪しは別としてね」

ルバーチェ商会は、クロスベル市を仕切っている一番勢力の大きなマフィアだった。この街に来る犯罪者たちに有形無形の圧力をかけてきた存在でもある。

しかし、先日、特務支援課がキーアを保護した事件により、今は活動を制限されていた。

ロイドは首を左右に振る。

「たしかに、そういった面があって、ルバーチェ商会の立場を苦しくした一件が、結果的には外国からの犯罪者の流入という形で現れたのかもしれない。けれど、この街を本当によくするためには、マフィアの圧力に頼るのではなく、俺たち警察が治安をよくしないといけないんだと思う……そのために、一人一人が、できることをやっていこう」

「ええ、そのとおりね」

「……がんばりましょう」

ちょうどキーアが台所から出てきたので、この話題は終わりとなった。

いずれにしても、まだ情報不足だ。しばらくは共和国の捜査協力を待つしかないだろう。

ツァイトに朝食をあげるキーアを、ロイドとエリィとティオは見つめるのだった。


朝食のテーブルにキーアが戻ってきて、首をかしげる。

「なに話してたの？」

「……気にすることはありません、キーア。仕事の話です」

「そっか」

「……はい」

あ、それでね！　とキーアが朗らかに笑って話題を変える。

この明るさに助けられてるな、と思うロイドだった。

キーアがめいっぱい大きく両手を広げる。

「こ～んな箱が、貯蔵庫にあったんだけど、なにかな？　きれいな紙で包んであったよ」

貯蔵庫というのは床下にある収納のことだ。

導力を使った冷蔵庫なんて一部の料理店くらいにしかない。一般家庭は、たいてい床下に野菜などをしまっておく。表に比べると、だいぶ涼しいし、乾燥もしにくいのだった。

　エリィが首をかしげる。

「そういえば、何かあったわね？　誰か入れた？」

「俺のではないけど？」

「……わたしのでもないです」

　ロイドは少し考えこむ。

「貯蔵庫は昨日の夕飯でも使っている。そのときは、大きな箱なんてなかったはずだ。とすると、昨夜のうちに入れられたってことになるよな」

「……貯蔵庫を使う可能性があって、ここにいないのは、セルゲイ課長とランディさんだけです」

「夜に何か入れる可能性があるとすれば……あっ、噂をすればなんとやらだ」

　ゆっくりと階段を降りてくる気配があった。

「うーっす」

　ガタイのいい、赤い髪色の青年ランディが姿を現す。

　いつも警備隊時代から使っているというコートを引っ掛けて、今はシャツの胸元が開いたままだった。鍛え抜かれた胸板が、わずかに見えている。

　自分の席につくと、置いてあったパンをつかみ、かぶりついた。

　警備隊出身の彼にとって、食事は栄養補給が目的であって、盛りつけを楽しむ類のものではないのだろう。

　高級料理やお酒類にも詳しいランディだが、普段の食事に対するこだわりは、まったくないのだった。

「はぐはぐ、もぐもぐ」

「なあ、ランディ。貯蔵庫に箱を入れた覚えはないか？」

「ん？　ああ、昨日はカジノで大勝ちしてな。よく覚えてねえんだが……」

　ティオがジト目になっていた。

「……ランディさん……よく覚えてないものを貯蔵庫に入れないでください」

「ちょっと見てくるわね」

　ため息まじりにエリィが席を立つ。

　しばらくして、彼女が困惑した様子で戻ってきた。

「あ、あの……ランディ？　あれって本当に貴方が買ってきたの？　すっごく高かったんじゃ……？」

「赤色に金の文字が書いてある包み紙だろ？　それなら俺が買ってきたもんだぜ。なんだ？　妙なものが入ってたのか？」

「妙なものではないけれど……大きなホールケーキがまるごと入ってたわ。すごく美味しそうなんだけど」

ふと、ランディが額を押さえる。

「うっ……そういや……たらふく呑んだあと、甘いものが食べたくなってケーキを頼んだんだよな。なかなか美味かったから、土産にしようと包んでもらったような気が……」

「わあい！　ケーキケーキ！」

キーアが嬉しそうに両手を挙げた。

席に戻ってきたエリィが、自分を納得させるようにつぶやく。

「そうね……買ってきちゃったものは仕方ないわ」

「どうしたんだ？　エリィってケーキが苦手だったっけ？」

ロイドの問いかけに、彼女は首を左右に振った。

「そうじゃなくて、あのケーキはセレブ御用達の超高級店のものなのよ。それをワンホールだなんて、いったいいくらしたのかと思って……」

「へー美味しいのかな？」

「ええ、それは間違いないわ」

クロスベル市長の孫であるエリィは、そうしたセレブのパーティーに何度も出席している。

彼女が言うのなら、本当に美味しいのだろう。

そして、よっぽど高いに違いなかった。

慌てた様子でランディがサイフを確かめる。

さー……と顔色を青ざめさせていたが、子供の前でもあるので、それについて尋ねるのは止めておいた。

ティオが首をかしげる。

「……ワンホールというと、何人ぶんくらいあるのでしょうか？」

「二十人ぶんぐらいは、あるんじゃないかしら？」

「……多すぎです」

ティオならずとも、そこは呆れてしまうところだった。

キーアは無邪気に喜んでいたが、そんなには食べられない。

どうしたものか、とロイドは考えこむ。

「夕方ぐらいには食べないと悪くなってしまうよな？　でもそんなにたくさんは食べられないぞ」

「……ツァイトも、そんなには食べられないかと」

「そもそも、ツァイトにあげて大丈夫なのか？」

たしか、犬はチョコレートがダメだったはずだ。いや、ツァイトは普通の犬ではないし、そもそも犬ですらないのだけれど。

エリィが提案する。

「今日は遠出をするような支援要請も入っていないし、お茶をする時間くらいはあると思うわ。

せっかくだから、誰か呼びましょうか？」

「なるほど……午後のお茶会か。いつもお世話になってる人たちを招待するのもいいかもしれないな」

「ふふ、ちょうど先日、おじいさまから、いい茶葉をもったところなの。紅茶にも期待してちょうだい」

「マクダエル市長から？　それは楽しみだな」

「よく分かんないけど、『おちゃかい』って楽しそー‼」

嬉しそうにキーアが声をはずませた。

ティオが席を立つ。

「……そうと決まれば、支援要請をこなしながら声をかけていきましょう」

「じゃ、キーアがここの片付けやっておくね！」

「ありがとうな」

ロイドが頭をなでてあげると、彼女はくすぐったそうに目を細めた。

話がまとまったようなので、さっそく出掛けることにする。

「それじゃあ、みんな、行こうか！」

「ええ、行きましょう！」

「……はい！」

一人だけ、ランディが「やばい……給料日までどうすんだ、これ……？」とサイフを握りしめたまま青ざめていた。


効率的に支援要請をこなしていくため、二手に分かれることにする。

ロイドはエリィと二人で、まず住宅街のトラブルを解決し、そして、中央広場まで戻ってきた。

昼前――

「思ったより一件目は早く片付けられたな」

「そうね。お昼はどうする？」

「うーん、ランディたちと合流したほうがいいかな？」

「あちらは、どうなっているかしら？」

「連絡がないってことは、うまくやってるんだと思うけど――ん？」

ふと、ロイドは人混みの中に、見知った顔があったような気がして、そちらに注目する。

「…………あれは、リーシャじゃないか？」

「行ってみましょう」

周りの人たちにぶつからないように気を付けながら向かうと、黒に近い紫色の髪の少女が、振り返った。

さほど背は高くないが、スタイルがよく、なによりも人目を惹くルックスをしている。

ノースリーブのシャツにホットパンツという露出の多い格好だったが、彼女の表情のせいか、明るく健康的な印象を受けた。

リーシャ・マオは劇団アルカンシェルで人気急上昇中の大型新人だ。トップスターのイリア・プラティエに次ぐナンバー２との呼び声も高い。

とある事件をきっかけに、ロイドたちとは友人の間柄にあった。

「あ、ロイドさん。それに、エリィさんも！」

「こんにちは、リーシャ」

軽く片手を挙げて挨拶する。

エリィも会釈した。

「今日は、お休みなのかしら？」

「いえ、舞台装置の点検があるらしくて、練習は午前中だけでした。夜には公演がありますけど」

「なるほどね」

「エリィさんたち、今日はお二人だけなんですね。もしかして、デートですか？」

「えっ⁉」

驚いて目を丸くしたのはロイドだった。

エリィが赤面しつつ笑う。

「そんなんじゃないわ。ちゃんとお仕事中よ？」

「ふふ、冗談です。最近は、どうですか？」

キーアを保護した件は、警察とルバーチェ商会が裏で手打ちにしたため、情報は公開されていない。広場で詳しく話せるわけもなかった。

リーシャのほうも、それについて尋ねたわけではないだろう。彼女はロイドたちがルバーチェ商会の《黒の競売会》《シュバルツオークション》に乗りこんだことも知らないはずだった。

「そうだな……一難去って、また一難といったところかな？　気になる話もあるけど、今は情報を待っているところだよ」

「気になる？　なにかあったんですか？」

「まだ詳しくは話せないんだけど……どうやら、共和国のほうから犯罪グループが流れてきたらしい」

「そうですか……恐いですね」

「ああ、クロスベルでも同じ事をするかは、わからないが……共和国のほうでは誘拐事件を起こしたという話なんだ」

「誘拐⁉　それは酷いです！」

「なにか気になる話があったら頼むよ。あと、リーシャも一人歩きは控えてくれ」

「わかりました」

そうでなくても、クロスベル市は治安がいいとは言えない。うかつに女性や子供が一人で出歩いていたりはしないと思うが。

念のため、遊撃士たちとも連絡を取っておいたほうがいいかもしれないな、とロイドは思った。

考え事をしている姿に、リーシャが微笑みを浮かべる。

「いつも、お忙しそうにしていますね」

「ん？　そうかな？　まぁ、少しでも街がよくなるように、がんばらないと」

「ほどほどに休憩も入れてください。休むことは、日々の研鑽と同じくらい大切ですから……なんて、イリアさんからの受け売りですけど」

「ははは……あのイリアさんの言うことなら、きっとその通りなんだと思うよ」

「はい」

あ、そうだ――とエリィが小さく手を叩く。

「休憩といえば、リーシャさん、このあとの予定はどうなっているのかしら？」

「このあと？　そうですね……オーバルショップで戦術オーブメントのメンテを……あっ、いえ！　とくに急ぐ用事はないですけど？」　リーシャが、はたはたと両手を振った。

それなら、とエリィがお誘いの言葉を続ける。

「午後三時に支援課ビルで、ちょっとしたお茶会をするの。美味しいケーキがあるから、よかったらいらっしゃいません？」

「え？　それは嬉しいですけど……なにかのお祝いですか？」

「いえいえ、ぜんぜんそんなんじゃないのよ。ランディがケーキを買ってきすぎちゃっただけで……」

「ああ、なるほど」

　事情を察したらしく、三人で苦笑してしまった。

　リーシャが丁寧に頭をさげる。

「そういうことなら、お呼ばれさせていただきます」

「うふふ、たくさんあるから、他にも誰かいたら声をかけてみてちょうだい」

「わかりました。楽しみにしておきますね」

「そうそう、紅茶もあるのよ？」

　エリィが茶葉の名前を口にすると、どうやらリーシャは知っていたらしく、「それは良いものですね」と興奮気味だった。

　ロイドは頭をかく。

　茶葉の種類までは詳しく知らないのだった。

　ほどよく話がまとまったところで、エリィが話を切り上げる。

「それじゃあ、また後ほど」

「はい！　三時にお伺いします」

　小さく手を振るリーシャに別れを告げて、ロイドはエリィと共に次の支援要請へと向かうのだった。


　リーシャは二人の姿が見えなくなるまで、小さく手を振る。

　人混みの中で、また一人になった。

　お茶会は久しぶりだ。

　練習のあとに、イリアさんと紅茶をいただくことはあるけれど、そういうのとは違う感じがする。

　そもそもリーシャは同年代の友達がろくにいなかったので、こういうことが新鮮で楽しみだった。なんだかソワソワしてしまう。

　そういえば、まだ他にも声をかけてほしそうな様子だった。

　イリアさんやシュリちゃんにも、言ってみたほうがいいのかもしれない。

　彼女たちを誘ったら、来てくれるだろうか？　イリアさんはどんなことにも関心を持って、積極的に参加する性格だ。ロイドさんのことも気に入っているようだし、スケジュールさえ空いていれば、喜んで来てくれそうな気がする。

シュリちゃんのほうは、逆にロイドさんのことを苦手にしている様子だった。

アルカンシェル劇団に来ることになったときの一件で、いろいろとあったらしい。

しかし、イリアさんにはものすごく懐いている。彼女が来るのであれば一緒に来たがるのではないだろうか？

これを機会に、すこしでも彼女がロイドさんと打ち解けてくれたら嬉しかった。

断られるかもしれないけれどシュリちゃんも誘ってみよう——と決める。

あれこれと考えながら、まず予定どおりオーバルストアへ向かった。

店の入口をくぐり、中へ。


オーバルストア《ゲンテン》——

昼時だからと混み合うような店ではないため、ゆったりと店内を見ている客が、まばらにいるだけだった。

念のため、周りに知り合いがいないかを確かめる。

リーシャはアルカンシェル劇団の一員で、それなりに有名人とはいえ、あくまでも一般市民だ。それが、戦術オーブメントなんて持っているのは普通ではない。店員ならばともかく、知人に見つかるのは避けたかった。

（………大丈夫そうね）

　そそっ、とカウンターに向かう。

「いらっしゃいませ！」

　青色の帽子をかぶった女性の店員が、元気のいい挨拶をした。

　胸元の名札に『ウェンディ』と書いてある。

「あの、ここの強化をお願いします」

　バッグから戦術オーブメントを取り出して、スロットのひとつを指し示した。

　普通の市民にしか見えないリーシャが、戦闘能力を持つ戦術オーブメント――しかも新型の第5世代《エニグマ》を出したので、ウェンディは一瞬だけ目を丸くした。

　しかし、彼女もプロだ。

　すぐに普段の表情に戻って、オーブメントを引き取る。

「ここのスロットの強化ですね？」

「はい、頼めますか？」

「もちろんです。あっ、ただ……今、ちょっと作業台のほうが混み合っていまして、すこしお時間をいただいてもよろしいでしょうか？　三〇分もあれば終わると思うんですが」

「……それくらいなら。あとで店に寄らせてもらえばいいですか？」

「すみません、そうしていただけますか」

「はい」

　改めて、ウェンディが計算機を何度か叩く。

　専用のディスプレイに数字が並んだ。

「ここのスロットの強化には、これだけのセピスが必要になります」

「用意してきました」

　リーシャは指定されたセピスをカウンターのうえに出した。セピスとは七耀石《セプチウム》の欠片のことで、魔獣が落とすと言われている。七色の輝きを持つ小さな石で、まるで宝石のように美しい。

　これを使うことで、戦術オーブメントを強化したり、魔法《アーツ》の源となるクオーツを作ったりできる。

　専用の機械のおかげで、計量は一瞬だ。

　ウェンディが引き替え用の金属プレートを出した。番号が書いてある。

「それでは、三〇分後に。こちらをカウンターまでお持ちください」

「はい、よろしくお願いします」

　会釈して、リーシャはカウンターを離れた。

　知人と鉢合わせしないよう、そそくさと店を出る。

　すこしの時間とはいえ、戦術オーブメントが手元にないのは心許ないが、裏の仕事は入っていない。

　雇い主は、ライバルのマフィアが調子を落としているうちに、その取引先を奪い取ることに熱中しているらしく、しばらく前に会ったきりだった。

　リーシャ・マオは表では、アルカンシェル劇団の新人スターとして知られている。

　そして、裏の社会では、姿を変え——

　暗殺者《銀《イン》》と名乗っていた。

　東方人街の魔人。伝説の凶手などと恐れられている。

　どちらの立場も彼女にとっては重要であり、父親から継いだ暗殺者としての業も、イリアさんから教えてもらった生き方も……

　オーバルストア《ゲンテン》を出て、リーシャは左右を見回した。

　誰かに見られていないか、と気に掛ける。

　問題はないようで、ほっと息をついた。


「さてと……」

　三〇分ほど時間ができてしまった。

　この間に、済ませておいたほうがいい用事がある。

（お茶会に行くのなら、何か持っていったほうがいいわよね？）

ケーキと紅茶があるとは言っていたけれど、手ぶらで行くというのは失礼ではなかろうか。

しかし、日持ちしないものだと余ったときにもったいないし、ロイドさんたちも困ってしまうだろう。

「何かいいものは……」

中央広場で視線を巡らせると、百貨店《タイムズ》が目に入った。

時計のように針がぐるぐる回る看板が、なかなか目立つ。高級品から日用雑貨まで幅広く取り扱っている総合小売店だった。

ここなら何か見つかりそう。リーシャは百貨店へと向かった。

陳列棚を見て回る。

どうせなら、食べられる物がいいだろう。

そして、日持ちする物だ。

干物や缶詰がいいだろうか？　いや、それは、可愛らしくない。お茶会には不釣り合いに思える。

イチゴのジャムを見つけた。美味しそうだけれど、特務支援課にもありそうだ。

すこし歩くと、ビスケットのコーナーがあった。

「あ、これがいいかも」

ケーキのお供につまむのは、ちょうどいいし、保存食のように持つわけではないけれど、そう簡単に傷むわけではない。

しかもいろいろな種類がある。目移りしてしまって選ぶのが大変だ。

「えっと……えっと……あら？」

そんな優柔不断なお客を見越したかのように、何種類もの詰め合わせ《アソート》があった。

さすがは、市民に愛される百貨店。

リーシャはその包みを持って、レジに向かう。

彼女の横をスミレ色の髪をした小さな女の子が歩いていった。十二、三歳くらいだろうか？

ゆったりと優雅な身のこなしなのに、いつの間にか先にいる。

この辺りでは見かけない服装だ。幅広の襟と短いネクタイ。お人形のようにフリルのあしらわれたドレスを着ている。

リーシャはなぜか彼女に目を奪われた。

（不思議な空気のある子……）


会計をして、百貨店を出る――

オーバルストアに行くにはちょうどいいくらいの時間になっていた。

予定通りに、戦術オーブメントを受け取って、軽めのランチを取ってから、特務支援課のお茶会に参加する。

楽しい午後になる予定。

そのはずだった。

ふと、リーシャは人混みに視線を引きつけられる。

歩いていくのは、小さな女の子。

先ほど百貨店のなかで見かけた、スミレ色の髪をした女の子だった。

優雅にマイペースに歩いているのに、まったく周りの人たちとぶつからない。周りが意図して避けているわけではない。

計算しつくされた舞踊のように、彼女がまっすぐ歩く先に、たまたま人がいないのだ。

自然すぎて、かえってリーシャは注目してしまった。

どうやら、一人だけの様子。

そして、彼女の向かっている先は――

（え？　裏通りに？）

クロスベル市民なら、誰もが避ける。そんな場所だ。いかがわしい店や、マフィアのアジトが軒を連ねている。

そんな特に治安の悪い通りへ、仕立てのいい服を着た可愛らしい女の子が一人で入って行ってしまう。

リーシャは駆けだしていた。

（……あの子……放っておくわけにはいかない）

——失敗した。

リーシャは長らく一人で暮らす時間が長かったせいか、自分の容姿に無頓着なところがある。劇団で演技するときであれば、もちろんメイクはしてもらうし、衣装も用意してもらって、おめかしするし、それを嬉しくも思っている。

しかし、劇場の外では、自分を特別だと思うことがなかった。

残念ながら、裏通りにたむろしていた男たちにとっては、リーシャは平凡ではなく、黙って通せる相手でもなかったらしい。

「おいおいおい……すげえ美人だぜ!?」

「なあ、あんた、もしかして旅行者かい？　どこに用があるんだ？」

「俺たちが、案内してやるよ」

三人の屈強な男たちが、じりじりとリーシャに近づいてくる。

「いえ、人を探しているだけですから……小さな女の子、見かけませんでしたか？」

裏通りには物陰が多いので、何かトラブルに巻きこまれたとはかぎらないが、スミレ色の髪の女の子は、その姿を見つけることができなかった。

リーシャは焦燥感にかられてしまう。

男が首をかしげた。

「は？　ガキなんか、こんなとこに来るわけが……」

「バカ！」

もう一人が、その男の頭を殴った。

別の男が、にやけた顔で言う。

「ああ、見た見た！　小さな女の子ね！　こんなところに来るのは珍しいから、すぐ気付いたよ！　あんたの探してる子かわからないけど、確かめたらいいよな？　こっちだよ。案内してあげよう」

「え？　いえ、その必要は……」

そういうことか、と最初に首をかしげた男まで、「ああ、そういや見たな！」と口裏を合わせてリーシャを囲んでくる。

こんな連中、素手でも何とでもなるが――

「へへへ……あんた、リーシャ・マオに似てるって言われないか？」

「っつーか、もしかして……本人じゃね？」

「いやいやいや、まさか！　アルカンシェルのスーパースターが、こんなとこ来るわけねえだろ⁉」

「くっ……」

いくら身の危険を感じたからといって、怪我をさせたら、劇団に迷惑がかかるかもしれない。新人劇団員のリーシャ・マオが裏通りでケンカ――なんてニュースになったら、どれほどイリアさんが失望するか。

あれこれと考えてしまい、踏ん切りがつかない。

逃げるだけなら、まだ簡単だが……

ここで自分が逃げたら、こんな危ない場所へ来てしまった、あの女の子はどうなるのだろう？

先ほどのロイドの言葉を思い出す。

誘拐事件を起こした犯罪者が、クロスベルに流れてきているという。

リーシャは拳を握りしめた。

たとえ、名も知らぬ子供のためであろうと。もしかしたら、危険な目に遭わず通りを抜けていったかもしれないとしても。自分が光のあたる道を閉ざされるとしても……

我が身可愛さに、子供を見捨てるような卑小な者には堕ちたくない！

「……どいてください」

「ひゃひゃひゃひゃ！　そう言われて、ハイと素直に――ッ⁉」

正面に立っていた男が言葉を失う。

囲むように左右に立った者たちは笑い続けていたが。

リーシャは〝リーシャ・マオ〟ではなく《銀《イン》》の闘気を発していた。真正面から受けた男が、半歩、後ずさる。

「おまえ……いったい……!?」

目の前の、か弱そうな少女から、いきなり魔人の殺気を叩きつけられ、男は混乱していた。

もしも、もっと戦いに通じた者だったなら、その実力を感じ取って飛び退いていたことだろう。

右側にいる男が、リーシャへと手を伸ばしてくる。

「こっちに来いよ！　悪いようにはしねえからさ！」

男の手を打ち払う。

その直前――

先に、リーシャの手を取った者がいた。

男たちの間を、するりと猫のように抜けて近寄ってきたのは――探していた女の子だった。

「ふふふ……」

「えっ!?」

にこっ、と女の子が笑う。

頭のリボンを揺らして、小首をかしげる仕草が、あどけなく可愛らしい。

「やあね！　こんなところで何してるの⁉　ママってば！」

「マ、ママ⁉」

思わず、リーシャの声が裏返った。

左右を囲んでいた男たちが、ゲッて顔をする。

「おいおい……そんな歳なのか？」

「うそぉ⁉」

男たちが怯んだのと同時に、ぐいっと女の子がリーシャの手を引いた。

「さあ、行きましょ！　ママ！」

「んもう！　この子ったら、どこに行ってたのよ⁉　ママ、心配したじゃない！」

演技ならば、リーシャだって本職だ。

母親の役は初めてだけれど、楽しむ余裕すらあった。

手をつないで、二人して裏通りを駆け抜ける。


「うふふ、おかしかったわね」

女の子が薄紅色の唇を指先で隠し、鈴の音のような笑い声をあげた。

裏通りを抜けて、歓楽街に出たところだ。

リーシャは息をつく。

「は～、びっくりしました。うまくごまかせて、よかったです」

「ふふ……大きな子供がいるような歳のわけがないのに……えらそうに威張るわりに何もわからないのね」

「ううぅ……助かったのは嬉しいけど、ちょっと複雑です」

「お姉さんみたいな女性《ひと》が、あんなところへ一人で行くなんて、危ないわよ？」

これでは、立場が逆だった。

助けてもらった手前、仕方がないことではあるのだが。

「私としては、小さな女の子が一人で入っていくほうが危ないと思ったんですけど……どうやら、そんな心配は必要なかったみたいですね？」

くすり、とリーシャも微笑む。

スミレ色の髪の子が、目を丸くした。

「心配？　もしかして……レンのことを心配したの？」

「ええ、まぁ……助けてもらった後で、こんなことを言うのは、どうかと思いますけど」

「そう……」

レンが目を細める。微笑みと苦笑の間を取ったような、まだ十二歳くらいの女の子が浮かべるには複雑すぎる表情だった。

いったい、彼女にどんな生い立ちがあるのだろうか。リーシャも一般的とは言いがたい育ち方をしているが、それとは別種の何かがあるような気がした。

「あ……助けてもらったのに、お礼も言ってませんでしたね。ありがとうございました」

「……お姉さん、ちょっと変わってるわね」

「そう、ですか？」

「むしろ自分を普通だと考えているなら、どうかしていると思うのだけれど。だって、お姉さんには大きな秘密があるでしょう？」

「ッ⁉」

リーシャは緊張を高めた。

すべてを見透かすかのような瞳に、思わず息を呑む。

——まさか、こんな子供に《銀《イン》》であることが？

先ほど、一瞬だけ闘気を放ったせい⁉

女の子が薄く笑う。

「うふふ、平凡な人間が……アルカンシェルのスターになんかなれないでしょう？」

そっちのことか！

今度はリーシャのほうが目を丸くする番だった。

「あ……私のことを知ってるんですか？」

「レンは意外と物知りなの」

「この格好で、メイクもしていないと、なかなか気付かれないものなのですが」

「そうみたいね……ふふ、変なの」

「あの……あなたは、レンちゃんというお名前なんですか？」

「ええ、レンはレンだから、レンでいいわ」

「はい」

　不思議な雰囲気の少女との会話は、まるでお伽噺の魔法の国に迷いこんだような、わくわくさせられる楽しさがあった。

　そういえば、とリーシャは首をかしげる。

「レンちゃんはどうして裏通りなんかに入っていったんですか？」

「うふふ、あそこには、とっても素敵なアンティークドールのお店があるの」

「お人形ですか……そのために、あんな危ない場所に……」

「平気よ。路地の奥の黒メガネさんたちも、けっこう楽しい人たちだもの。あそこには危険なことなんて何もないわ」

「そ、そう……」

　どういうことだろうか？　ああ見えて、実はマフィアの人たちは子供好きで、小さな子には優しかったりするのだろうか――とリーシャは考えた。

　さほど天然でもなければ世間知らずでもないリーシャだったが、目の前にいる可愛らしい女の子が、マフィアたちが束になっても敵わない超常的な存在であるとは、いくらなんでも思いつかない。

　それよりは、裏社会の者たちが意外と優しい面もある、というほうが納得しやすかった。

　よくよく考えてみると、子供では持っている金額などたかが知れている。脅したところで、大して得られる物はないだろう。

　子供を連れ去ったりしたら、誘拐事件になる。計画もなしに引き起こすには、あまりに重大な犯罪だった。

　だからといって、子供が一人で裏通りを歩いて、安全とは思えないが。

　裏通りに足を踏みこんで、彼女の姿がなかったときの嫌な感覚を思い出し、リーシャは表情を固くしてしまう。

　くすくす、とレンは笑みを浮かべていた。

「レンに何かあったかと思ったの？」

「そうですね。誘拐でもされたかと……そういうことをする犯罪者グループが、クロスベルに来ている、と知り合いの警察官から聞いていましたから」

「……誘拐？」

レンが目をすがめた。わずかに声が固くなっていたかもしれない。

リーシャは彼女が少しでも慎重になってくれれば、と話しておくことにした。

「ええ……共和国で事件を起こしたことがあるそうです。まだ警察でも、情報を集めているところみたいですけど」

予想以上に、レンは重たく受け止めたようだ。

真剣な表情で、何事かをつぶやく。

「……そう。だから……ネットワークに……まだフィルタリングが……小さすぎると、こぼれることも……」

まるで膨大なデータを処理している最中の導力端末のよう。あるいは、機械仕掛けの人形にでもなってしまったかのような雰囲気だった。

別の意味でリーシャは不安になってしまう。

「あの、レンちゃん？　大丈夫ですか？」

「ん……ええ、もちろん問題ないわ。その情報は拾えてなかったから、聞けてよかった。たまには気まぐれを起こしてみるものね」

「レンちゃんは、しっかり者みたいだから心配ないと思いますけど、そういうことだから気をつけてくださいね」

「うふふ……あ、ごめんなさい。〝気をつけて〟なんて言われたの久しぶりだから、なんだか可笑しくなってしまったわ。そうね……気をつけておくわ。ありがとう、お姉さん」

「いえ……」

リーシャはうなずきつつも、お姉さんと言われている自分のほうが年下のような、あるいは、彼女が上であるかのような、妙な錯覚を感じていた。

レンの言動が異常なほど落ち着いているせいだろうか。容姿も声も、間違いなく子供だというのに。

「お姉さん、その話は警察官から聞いたのよね？」

「ええ、特務支援課のロイドさんから。ちゃんとした人だから嘘は言ってないと思います」

「そう……お姉さんは、あの警察のお兄さんと知り合いなの」

「はい。以前、とある事件で助けてもらったことがありまして」

「有名人は大変ね」

「レンちゃんも、ロイドさんとお知り合いなんですか？」

「知り合い……そうね……どういう括《くく》りで呼べばいいのか、わからないけれど……レンも……助けてもらった側かしらね」

「そうですか」

お互いの事情を全て話したわけではないし、レンには底が知れない雰囲気がある。

しかし、共通の知り合いがいたことで、より親密になれた気がした。

彼女のほうもそう思ったのだろう、少し表情がやわらかくなる。

「お姉さんの話を、もうすこし聞きたいわ。どうかしら？　立ち話もなんだし、ランチにしない？」

「そういえば、お昼がまだでした」

「すこし歩くけれど、なかなか美味しいパン屋さんがあるの。最近のお気に入り」

「いいですね」

リーシャはレンと並んで、西通りへと向かった。

「この先にある《モルジュ》というお店よ。知ってるでしょう？」

「はい、私も何度か」

「新作のオレンジパンが、なかなかいいの。情熱的？　なんだか、そんな濃厚な味なのよ」

「それは食べたことありませんでした」

「まだあるといいのだけれど」

「そうですね。昼食にしては遅い時間ですから」

ふと、子供の声がした――ような？

意識を集中させる。

レンも同じものに気付いたのか、真剣な表情になって黙りこんでいた。

今度ははっきりと聞きつける。

「悲鳴がしました！」

リーシャは言うが早いか駆けだしていた。すぐ横に、遅れずにレンがついてくる。

「その路地を曲がった先よ！」

「はい！」

聞こえたのは、小さな女の子の悲鳴だった。

そして、複数人の足音と息づかい。

闇に潜んだ声だった。

「急げ！」「暴れさせるな！」「これで最後だ！」

「いやぁ‼　助けてなの‼」

駆けつける。

果たして――

住宅街と西通りの間にある細い通りに、黒塗りのワンボックス導力車が停まっていた。

そして、配管工の格好をした不審な男たちが四人。

男たちは手に工具など持っておらず、小さな女の子を囲むようにして捕らえていた。

「あれよ！」

　レンが指さして叫んだ。

　リーシャの全身の血が沸騰する。

「なにをしているっ⁉」


　怒鳴りつけた。

　男たちが振り返り、血走った目で睨みつけてきた。

「くそっ！　見られた！」

　導力車の運転席から、命令する声が飛ぶ。

「捕まえろ！　目撃者を出したなんて、俺たちがボスに殺されるぞ！」

　その言葉に弾かれたように、女の子を捕らえていた四人のうちの三人が、襲いかかってくる。

　ベルトに吊るした大型ナイフを抜いて！

「「「うるあぁぁッ‼」」」

　まるで魔獣のようだ。

　理性の感じられない凶暴さ。

　そのくせ、三方から同時に斬りかかってくる。動きは訓練された者の、それだった。

――共和国の元軍人？　あるいは、傭兵崩れ？

こんな日なので、当然ながらリーシャの手に武器はない。

戦術オーブメント《エニグマ》もメンテナンスに出したままだった。

しかし、そんなことは関係なかった。

はっきり言って格が違う。

武器など必要ない。

リーシャが本気になれば、元軍人だろうが傭兵だろうが、この程度の遅い連中になど、もしも両手を縛られていたとしても負けはしなかった。

蹴りを一閃。

男たちの手から、ナイフが飛んだ。

地面に落ちて、金属音をたてる。

圧倒的な実力差を、たった一撃の蹴りで見せつけられ、男たちはたたらを踏んだ。

「うっ⁉　ううぅ……⁉」

「こ、こいつ……何者だ⁉」

「強い⁉」

リーシャは威圧的に間合いを詰める。

「あなたたち、共和国から来たという誘拐グループですね？　もう逃がしません。おとなしく観念してください」

三人が歯噛みしつつ、ふと視線をリーシャの背後に向ける。

そのとき、六人目の男の声がした。

「そっちこそ、おとなしくしな！　さもないと、こいつが無事じゃ済まないぜ⁉」

振り返る。

なんと、新たに現れた男に、レンが捕まっていた。

がっしりと肩を掴まれ、首筋にナイフを突きつけられている。

「ごめんなさい……お姉さん」

彼女の表情に怯えた様子はないが、申し訳なさそうに目を伏せていた。

「レンちゃん……」

リーシャは頭に血が上ってしまったことを悔いる。

冷静に気配を探っていれば、レンに近付く六人目にも気付くことができたはずだ。

男は慎重に、あえてリーシャから距離を取っている。

「動くなよ？　抵抗すると、こいつの首をナイフで……」

「わかりました。私のことは好きになさい。その代わり、レンちゃんと、そっちの子は解放してあげてください」

「バカか！　目撃者を残す気はねえよ」

「それなら、せめてケガをさせないように……酷いことをしたら、絶対に許しません」

怒気を叩きつける。

素人相手なら、これだけで気絶させられたかもしれない。

しかし、連中は訓練された兵士だ。

怯みはさせるものの、それだけだった。

いくらリーシャといえど、女の子二人を人質に取られ、それなりの練度がある兵士たち六人が相手となると——無傷で助け出せる自信は持てない。

「おい！　早くしろ！　また見つかるぞ!?」

導力車のなかから、また命令の声があがった。

ナイフを蹴り飛ばされ、怒気を受け、怯んでいた男たちだったが、慌ててリーシャに近寄ってくる。

今は自制するしかなかった。

連中は、どこから入手したものなのか、警察が使うような金属の手錠を持っていた。両手だけでなく足まで拘束される。

そして、口にロープを噛ませられ、声も出せないようにされた。

連中は自由を奪うと、三人がかりでリーシャの体をワンボックス導力車に運びこむ。まるで荷物のような扱いだった。

放りこまれた荷室には、他にも子供がいた。

うー、うー、と、くぐもった声で助けを求めるのは、小さな男の子たちが二人。そこに最初に捕まっていた女の子と、レンも押しこめられた。

リアゲートが閉じられると、窓もない荷室は完全に外から遮断されてしまう。

いや、運転席側につづく小窓があり、そこから誘拐犯の監視の目があった。

「妙な真似をしたら、全員、ぶち殺すぞ⁉　こっちには、まだまだ人質がいるんだ。おまえたちなんか、殺してもかまわないんだからな！　それと、女！　おまえの処分はボスが決める。せいぜい覚悟しておくんだな！」

恫喝の声に、女の子が泣きべそをかいて、男の子たちが恐がって震える。

リーシャは静かに怒りを燃やしていた。

レンは落ち着いたものだ。

むしろ、安堵したようにさえ見える。

「……そう……やっぱり、他にも捕まっている子たちがいるのね」

リーシャは何かの見間違えではないか、と自分の目を疑った。

荷室は暗くて、監視窓からの光しかない。

だから、きっと見間違いなのだろう、と思った。

手錠で拘束され、誘拐犯のアジトに向かっている。こんな状況に陥っていながら――

レンが氷のように冷たい笑みを浮かべた。


ワンボックス導力車の荷台には、窓ひとつなく、車外の音も聞こえにくい。

しかし、リーシャは身体に感じる加速や旋回の荷重だけで、どれくらいの速度でどの向きに走ったのか、ほぼ正確に把握することができた。

旧市街——

そのなかでも、とくに端のほうにある建物の地下だ。

つまり、ジオフロントＤ区画か。

ここは市民が入り込めるような場所ではないはずだが、なにせ管理の行き届かない地域だ。どこかの建物から侵入できたとしても、不思議はなかった。

導力車のリヤゲートが開けられる。

やはり、地下だ。

カビの臭いが鼻につく。

使われていない倉庫区画だろうか。埃の積もった木箱や樽が、そこかしこに置き去りにされていた。

照明は最小限しかなく、薄暗い。導力車のライトだけが煌々と周りを照らしていた。

もっとも、リーシャは真っ暗闇であろうとも、周りを把握する術を身につけているが。

（ここがアジトですか……）

いくつもの倉庫に繋がる大きな配車場らしい。トラックの積み荷を載せたり降ろしたりする場所だった。

天井はクレーンを使えるように高くなっており、そのぶん照明が遠くて暗さに拍車を掛けている。

リヤゲートを開けた大柄な男が、荷室を確認した。

「ふん！　こっちのガキ三人は、連れて行け」

薄暗いので顔まではわからなかったが、声からして運転席にいた男だろう。先ほどの六人のリーダー格だ。

「この女と、もう一人のガキは予定外だ……ボスに判断してもらうから、別の部屋に閉じこめておくか。おい、降りてこい！」

無茶なことを言うものだ。リーシャの足を拘束したのは、彼らだというのに。

レンが肩をすくめた。

「……お姉さんは、足を縛られているみたいだけれど？」

「ん？　まぁ、いいだろう。手錠以外は外してやる。妙な気は起こすなよ？　こっちは仲間が大勢いるし、人質のガキもいるんだからな」

リーシャの口に噛まされていた縄が外される。

はぁ……と息をついた。

どうやら、この犯罪者グループのボスは、この男とは別らしい。そして、今は外出中のようだ。

リーシャは意識を集中させて、周囲の気配を探る。

――大人の気配が、十五人ほどか。

予想していたよりも多い。

おそらく、ほとんどが元軍人か、その訓練を受けたことのある傭兵だろう。

壁の向こうに、さらに何人かの気配があった。

これは、子供だろうか？

ずいぶん大勢を攫ってきたものだ。

リーシャと一緒に運ばれてきた子供たち三人が連れて行かれる。

泣きべそをかいている子を、今すぐ助けたい衝動に駆られたが……また人質を取られる前に、この人数を片付けるのは、武器もなしでは難しかった。

レンが、リーシャの手に触れてくる。

すぐ近くだけに聞こえるよう、ささやき声で。

「…………まだ、その時ではないわ」

「え？」

レンの言動は、よくわからない。

いずれにしても、抵抗するのは難しかった。

仕方なく、しばらくは彼らの言いなりになっておく。

リーダー格の男に指示され、導力車から降りた。そして、命じられるがままに歩いていき、どこか倉庫のような場所に閉じこめられたのだった。

ジオフロントＤ隔離区画。地下倉庫――

窓ひとつない。

照明は薄暗いが、一応は屋根に導力灯が点いている。

広さは、アルカンシェル劇場の楽屋くらいあるだろうか。二十人近くが一斉にメイクや着替えをしても大丈夫なくらいの広さがある。

とはいえ、奥のほうには木箱が積みあげられており、圧迫感があるが……

レンが壁際に座りこんだ。

「お姉さん、痛いところはないかしら？」

「ええ、大丈夫です」

「……ごめんなさいね、巻きこんでしまって」

「巻きこんだなんて……私こそ注意が足りませんでした。こんなに大勢のグループだとは思ってなかったですし」

　人数だけならば、《銀《イン》》が契約している《黒月《ヘイユエ》》に匹敵するほどだ。

　むろん、個々の練度の差はあるだろうが。

　レンが微笑む。

「心配はいらないわ。きっと、警察のお兄さんが助けに来てくれるわよ」

「そうだといいんですが……ここは、旧市街の地下です。警察が調べに来るのは、少し先になるかもしれませんね」

「うふふ、大丈夫よ。ソバカス君に紐を渡しておいたから」

「え？」

「仔猫と遊ぶのが大好きな男の子なの。きっと、この場所も見つけてくれるわ」

「どういうことですか？」

「ふふ、恐い顔しないで。こういうことよ」

　彼女がドレスみたいな洋服の裾を持ちあげる。

手首の戒めは填められたままなので、いささか不自由そうにしつつだが。

かわいらしい洋服の下から、四角い金属の箱を取り出す。そこには、仔猫のマークが描かれていた。

「……もしかして、オーブメントですか？」

「そういうこと。通話もできるけど必要ないでしょう。わざと場所を探知しやすくしておいたから、レンのことはもう見つけてると思うわ」

「なるほど。あとは警察が来てくれれば、ということですね？」

レンが黙ってうなずいた。

たしかに、警察が来てくれたほうが、大勢いる犯人を逃がさずに済むし、子供たちも確実に助けることができそうだ。

リーシャが動くにしても、そのタイミングのほうがいいだろう。

そういえば――とレンが包み紙を出した。

どこに持っていたのだろうか？

「これ、お姉さんのよね？　落としたみたいよ？」

「あ……」

それは百貨店で買ったビスケットだった。

ずっと手に持っていたが、男たちのナイフに蹴りを見舞ったあたりで、思わず放り投げてしまったものだ。

「……拾ってくれていたんですか」

「ええ、ちょうど、レンのほうに飛んできたから」

「ありがとうございます」

「余計なことだったかしら？」

「まさか。そんなわけありません……あ……お昼を食べ損ねちゃったし、どうですか？」

リーシャは包みを開ける。

割れることもなく、ビスケットは美味しそうなままだった。

レンが表情をほころばせる。

「あら、いいわね」

「よかったら、いっしょに食べましょう」

「それなら、レンもいいものがあるわ」

彼女が取り出したのはジャムの瓶だった。やっぱり、どこに持っていたのかは不思議なのだけれども。

「あ、これって、百貨店《タイムズ》で売ってたやつですか？」

「ええ、そうよ」

「ビスケットを買うとき、これも美味しそうだなって思ってたんです」

「ちょっと甘くなりすぎるかもしれないけど」

「それじゃあ、試してみましょうか」

薄暗い導力灯の下、イスもテーブルもない場所だったけれど、コンクリートの床のうえに、開いた包み紙をお皿にして。

手首には戒めが填められていて。

扉には鍵がかけられていて。

リーシャはレンと二人で、ビスケットとジャムをならべる。

「どうぞ、レンちゃん」

「いただくわ」

小さな手がビスケットをつまむと、その端でジャムをすくいとる。

かわいらしい唇に、近づける。

はむっ、とひと口だけ。

嬉しそうに表情をほころばせると、白い指先で軽く頬をなでた。

「あら、美味しいわ。これはいいわね」

「私も一枚いただきます。はむ……ん……ああ、これは本当に美味しいです」

「種類もたくさん。アソートなのね」

「ええ、どれか一種類を選べなかったので」

「食べ比べよね。レンは嫌いじゃないわ」

「あ、この固い食感が、ジャムに合います。これはいいですね」

「レンは、こっちのやわらかいほうが好みかしら？　あえて、ジャムつきのビスケットにジャムをつけるのもいいかも」

「それは贅沢かも」

「うふふ……」

お昼を食べていなかったこともあって、すいすいと手が伸びる。

味だけでなく、色艶も本当に美味しそうなビスケットなのだけれども、薄暗い導力灯だけでは、それは堪能できなくて残念だった。

「ちょっと喉が渇きました」

「本当ね。こんなに美味しいビスケットがあるのに、紅茶がないなんて……お茶会にならないわね。物足りないわ」

「紅茶、欲しいですね」

「邪道だと言う人もいるけれど、レンはビスケットに合わせるなら、アールグレイのようなフレーバーティーが好きよ。味に負けてしまうと、紅茶を楽しめないもの」

「え？　邪道なんですか？」

「料理を楽しむなら、フレーバーは邪魔だ、という意見も、わからなくはないわね」

「なるほど……私の得意は東方の料理で、一緒に飲まれるのは緑茶とか水とかなんです。それに比べると、たしかに紅茶は香りが強いかもしれません」

「でも、一方のために、もう一方が控えめになる必要があるのかしら？　紅茶とお菓子があってこそのお茶会なのに」

「たしかに、邪魔をしないことより、最高の組み合わせを見つけるほうが、前向きですね」

「うふふ、そうよね。きっと素敵な相性の紅茶とお菓子があると思うわ」

「このビスケットに合う紅茶も……」

「……お気に入りの紅茶に合うお菓子を探すのも、楽しいものよ？」

「それは、楽しそうですね」

「本当に……あら？　これが最後の一枚みたい」

「ふふ、なんだか、夢中で食べちゃいましたね。子供の頃を思い出しました」

「ええ……」

　不意に、レンが口元を引き締める。


　わずかな振動を感じた。

リーシャは意識を集中させて。

「ん……これは、大型の導力車のエンジン音でしょうか？　私たちが運ばれてきたものとは、別のようですね」

「とすると、ボスかしら？　思ったより早かったわね」

鉄扉の外が騒がしくなる。

レンは目を閉じた。

それは、リーシャがやるような気配を探るのとは、すこし違う。集中しているのは間違いないが、もっと別種のものであるように感じた。

いずれにしても、彼女の邪魔をしないように、リーシャは静かに待つ。

「………………」

レンが目を開いた。

「……うん、だいたいの居場所は把握したわ」

「えっ⁉」

「レンたちが導力車から降ろされた配車場に十人。別室に五人。ボスと一緒に帰ってきたのが五人ね」

彼女はコンクリートの床に指先で図面を描いていく。

埃で指先が黒くなるのも気にせずに。

　リーシャとて気配を読んで、アジトにいる敵の人数は把握していたが、どうやって部屋の配置や扉の位置まで掴んだというのか⁉

　ドア数枚を挟んで監禁されている子供たちのことまで、レンは詳細に把握していた。

　驚愕するしかない。

「……………レンちゃん……あなた、何者なんですか？」

「うふふ、それを説明している暇はなさそうよ。そのうち、わかることもあるんじゃないかしら？」

「そのうち……ですか……」

　誘拐犯などより、目の前の女の子のほうが、遥かに危険な存在ではないか——と《銀《イン》》としての嗅覚が訴える。

　レンがため息をつく。

「このタイミングで来てくれると最高だったのだけれど……思ったより、警察のお兄さんたちは苦労しているみたいね」

「ジオフロントには魔獣も出ますから」

「ここらの魔獣なんかで苦戦してほしくないけれど。まだまだ《風の剣聖《アリオス》》のようにはいかないわね」

「知っているんですか？」

「少しだけね……ここのボスの出方しだいだけれど……お姉さん、全力を出してもらったほうがいいかもしれないわ」

「………やっぱり、レンちゃんは、私のことを？」

この不思議な少女は、リーシャが《銀《イン》》であることにも気付いているのか。

いったい何者なのか？

レンが微笑む。

「言ったでしょう？　その詮索をしている暇はないわ」

ガチャリ、と外側から鍵が解除された。

ノックもなしに、ドアが開かれる。

ギィィィ――……と蝶番が嫌な音を立てた。

男たちが数名。

その先頭に立っているのは、スーツ姿の女性だった。

長い黒髪を頭の後ろで結っている。

すらりと手足が細長くて華奢な外見をしているが――居並ぶ男たちの誰よりも腕が立つことは、見ただけでわかった。

――手強い。

部屋の戸口の、すぐ外で、じっとリーシャたちのことを睨みつけた。

女が唇を歪める。

「なるほど、こいつは普通じゃないね。部下たちの手には負えないわけだ。でも、人質を取られたぐらいで拘束されるなんて、ずいぶんと甘いじゃないか」

「貴女がこの犯罪グループのボスですか……どうして、誘拐なんて⁉」

「はあ？　誘拐なんてミラのために決まってるだろう？」

「なんてこと……許せません！」

「ふん……この状況で、私に説教かますなんてね。度胸がいいのかバカなのか」

控えている男たちが尋ねる。

「ボス、どうしますか？」

「そうだねえ……この器量なら、さぞかし高額のミラをふっかけられそうだけど……ピーピー泣くだけのガキと違って、こいつは猛獣さね。私は危ない橋は渡らないことにしてるんだ。構わないから、殺しておしまい！」

「「了解！」」

ボスは部屋の前からいなくなる。

入れ替わるように、でかい剣を持った男が三人も、ずいっと中へ入ってきた。

「くっ……」

リーシャは歯噛みした。

躊躇のない命令。

剥き出しの殺意を叩きつけられた。

レンがつぶやく。

「……お姉さん、ここで手加減するのは、優しさではないわ」

「ええ、そうね！」

速攻でケリをつけなければ、捕まっている子供たちを助けることができない！

リーシャは闘気を全開にする。

部屋の空気が変わった。

剣を持った男たちが身をすくめる。

「なっ……!?」

「こいつ、いったい!?」

「抵抗する気か!?」

一瞬の躊躇だけで、リーシャにとっては充分だった。

クラフトを発動させる。

月光蝶――

男たちが目を見開き、動揺を露にする。

「き、消えた⁉」

「ばかな！」

「どういうことだ⁉」

彼らは慌てて部屋の中に視線を巡らせた。まさに、今、対峙していたにもかかわらず、まるで幻だったかのようにリーシャの姿が彼らの視界から消えたからだ。

男たちの目に映るのは、打ち捨てられた倉庫と、冷笑を浮かべているレンと、ビスケットの包み紙とジャムの瓶だけだった。

リーシャは音もなく近付くと、蹴りを放つ。

「……ッ‼」

大きな剣を手にした男たち三人が、くぐもったうめき声をあげながら倒れこんだ。

ぐったりと動かなくなる。

レンは手錠されたまま、小さな拍手を送った。

「面白いものを見たわ。いえ、見えなかったと言うべきかしら？　気配の封絶と神速の歩法だけで、魔法《アーツ》もなしに視覚から姿を消すなんて。このレンの目にも消えたようにしか映らなかったわ」

「……初見で、どういった技なのか見抜かれたのは初めてですが」

「そんなことより、急がないと子供たちが危ないわよ？」

「はい！」

倒した男が持っていた剣を奪い取り、その鋒《きっさき》に手錠の繋ぎ目をあてがう。一気に押しこんで、断ち切った。

少し刃こぼれしたか。

別の剣を拾って、急いで部屋の外へと向かう。

目指すは子供たちの捕らわれている部屋だ。そこさえ確保できれば、もう人質を取られる心配はない。

「はぁぁぁぁ……ッ‼」

リーシャは闘気を高めていく。

再び、月光蝶を発動させる。

その動きは、もはやリーシャ・マオではなく《銀《イン》》のものだった。

薄暗い倉庫のなかで、そこかしこに物陰がある。こんな環境で、本気になった《銀《イン》》を視界に収めるのは、相当な実力者でなければ難しい。

まずは地下配車場に出る。

ボスが周りに指示を出していた。

「潮時《しおどき》だ！　ガキどもを導力車に積みこみな！　今度は帝国のほうへ行くよ！」

「え？　ミラはいいんですかい？」

「バカだね。〝子供を返すから〟と親に言えば、ミラは送金してくるだろ？　ガキなんざ、途中の山にでも埋めちまえばいいんだよ。ギャーギャー騒いでうっとおしいだけさね」

「クハーッ！　さすがはボスだぜ！」

「子供がいなくなった事実だけで、いくらでもミラは取れるのさ。まだ生きてるかなんて、こっちが教えてやらなければわかりっこないんだからね」

「ここで殺しちまったら、ダメなんですか？」

「バカだね！　死体を見つけられたら台無しじゃないか！　指の一本でも送ってやれば、親は震えあがって言うこと聞くんだよ！　自分たちの子供が、とっくに死体になってるとも知らずにね！」

「ちげえねえ！　ワハハ！」

リーシャの血が沸きあがる。

風が渦を巻いた。

床を蹴り、リーシャは天井近くまで飛翔する。

もはや一切の慈悲は失せ、受け継いだ奥義を繰り出すことに、わずかな憐憫もない。

「我が舞は、夢幻《むげん》……」

地下配車場に《銀《イン》》の声が響きわたった。

誘拐犯たちが、慌てて周囲を見渡す。

しかし、月光蝶により気配を遮断しているため、そう簡単に見つけることはできなかった。

「……去り行く者への手向《たむ》け……」

ボスが天井へと視線を向ける。

目をすがめた。

「うっ!?　上よ！　撃ちな！　撃てってのッ‼」

他の者たちは、言われてさえリーシャを見つけられなかったが、命令されるがままに天井へ銃を向けた。

暗闇のなかに、なにかがいるのだろう、と引き金を絞る。

無数の弾丸が発射されるが、それらは天板のコンクリートをえぐり、剥き出しの鉄骨を叩くばかりで、リーシャをかすめることもなかった。

「眠れ、白銀《しろがね》の光に抱《いだ》かれ……」

「縛《バク》ッ‼」

リーシャの放った殺気が、広間にいる連中の動きを止める。まるで、ピンで標本にした羽虫のように。

いわゆる、気当て。

彼らは暗闇を睨んだまま、自分に何が起きたのかもわからず、指一本とて動かせない。

天井近くから、リーシャは急降下する。

裂帛の怒声とともに。

右手には奪い取った巨大な剣。

「ズゥアアアアアアアアアア…………………滅《めっ》ッ‼」

薄暗い配車場に、誘拐犯たちが倒れている。

全員が意識を失い、動くことはなかった。

「はぁ……はぁ…………」

リーシャは肩で息をしている。普段ならば鎖のついた鈎爪《かぎづめ》と、幅広の大剣によって行使する奥義だ。

足りないぶんを気迫で補ったため、消耗が激しかった。

(――あ、いない⁉)

倒れている者たちのなかに、ボスの女がいない。

「しまっ……‼」

走りだした。

この区画の地図は頭に入っている。灯りなどなくても問題はなかった。

入り組んだ通路を抜ける。

三つある扉の全てが、開け放たれたままだった。

最も奥にある部屋へと辿り着く。

ここに、子供たちが捕らえられているはず。

リーシャの懸念は現実のものとなってしまっていた。

「ううぅ……」

部屋は、リーシャたちが閉じこめられていたのと同じくらいの広さがある。その奥のほうに、子供たちが十人ほど。

子供たちは口を塞がれ、手錠をかけられ、一本のロープで腰を結ばれて一繋がりにまとめられている。顔をくしゃくしゃにして泣いていた。

けれども、生きている。

大怪我をしているような子もいなさそうだ。

みんな無事――しかし、安堵できる状況ではなかった。

入口のところにリーシャがいる。

そして、部屋を入ったところ――リーシャと子供たちの間に、誘拐犯グループのボスがいた。

手にはサブマシンガンを持っている。

「ハァ、ハァ……少しばかり遅かったようだねえ！　クハハハッ！」

「くっ……なんてこと……」

「ずいぶんナメた真似してくれたね！　後悔するがいい！」

「待ちなさい！」

「フン……この状況で、私に命令する気かい？」

「撃つなら、私を！　私を撃てば気が済むのではありませんか!?」

リーシャは剣を捨てた。

女が唇の端を吊り上げる。

「ハッ！　残念だけど、その手にはのらないね！　私の実力じゃ、あんたを狙った瞬間に仕留められちまうだろうからね！　リスクは背負わない主義なのさね」

「それなら、子供たちを解放してください！」

「黙りな！　剣を拾うんだ。そして、自分を刺すんだよ！　内蔵をぶちまけて死ね！　そしたら、子供たちを逃がしてやる！」

「……本当に逃がしてくれるんですか？」

にやり、と女が嗤《わら》う。

「ああ……私は嘘は言わない」

「……ッ」

信用できる相手ではない。

しかし、ぐずぐずしていたら、この女は子供たちに向けて、マシンガンを撃ちかねない。

おずおずとリーシャは床に落とした剣に手を伸ばした。

掴みあげる。

女は得物を捕らえた蛇のような目で、舌なめずりをした。

「さあ！　子供たちのために、自分の心臓に……剣を刺すがいい！」

「ほ、本当に……解放してくれるんですか？」

「残念だね。信用してくれないなら、子供たちを殺すしかないじゃないか……どれ、じゃあ、まずは一人目を……」

「待ってください！　わ、わかりました……」

　リーシャは観念した。

　可能性は低くとも……今は、こうするしかない。

　剣の鋒を自分の胸へと近づける。

　死ぬことへの恐怖は――それほどでもない。裏社会に生きていたら、死の訪れることもあるだろうと覚悟していたから。

　しかし、残す人たちのことを考えて、目頭が熱くなった。

　イリアさんは、なんて言うだろうか？

　今夜の公演も気合いが入っていたのに、すっぽかすことになってしまう。

　いろいろと教えてもらったのに、もう永遠に踊ることができなくなるのかと思うと、それが悲しい。

　シュリちゃんは怒るだろうか？　勝手にいなくなってしまって。

　妹ができたようで嬉しかったのに、もう話すこともできなくなってしまう。

　アルカンシェル劇団のみんなも。まるで家族のように優しくしてくれたのに、お別れしなくてはいけない。

そして、ロイドさん……

……さようなら。

リーシャは心の中で、そっと涙をこぼした。

息を呑む。

「…………ッ‼」

「ばかなことをするものじゃないわよ、お姉さん？」

可愛らしいのに、冷たい――そんな声。

リーシャの背後から、声をかけてきたのは、スミレ色の髪の女の子だった。

「あ…………レンちゃん」

「そんな女が、約束を守るはずないでしょう？」

誘拐犯のボスが唾を吐いた。

「フン、次から次へと、よく死にたいやつの現れる日だねえ！」

レンが普通の女の子でないことは、さすがにリーシャとて気付いている。

しかし、この状況で何ができるというのだろうか？

ボスは相変わらず子供たちにマシンガンを向けており、その引き金にかかった指は、いつ絞られるかわからない。

十人いる子供たちの命が握られているのだ。

天井から、ぱらぱらと埃が降ってくる。

誘拐犯のボスが、これ以上ないくらい殺気を放っていた。

レンは気にした様子もなく、まるで野山を散歩するような足取りで、部屋に入ってくる。

リーシャの横にならんだ。

「なにしてるのかしら？　さっきも言ったけど、お姉さんが死んでも子供たちは誰も助けられないわ。一人もね」

「で、でも……このままじゃ、あの子たちが殺されてしまいます」

「なにを言っているの？　この先、あの女を生かしておいたら、もっと大勢の被害者が出てしまうのよ？」

「だからって、子供たちを助けないって言うんですか⁉」

リーシャとて《銀《イン》》として裏社会に生きる者だ。命を秤にかけることもある。

しかし、目の前の子供たちを見捨てるような発言をレンがするなんて、信じられなかった。

この女の子には、なにか特別なものを感じていたのに。

それは勘違いだったのだろうか？

レンは誘拐犯の女を見つめる。

「うふふ、降参なさい。そうしたら、命くらいは助けてあげるわ。それとも、子供たちと一緒に死にたいのかしら？」

「…………ああ、こいつは……おかしいね。計算違いだよ。私より頭のネジが飛んでるヤツが出てくるなんて」

「あら、失礼ね。レンは子供を誘拐するほど、ひどくないわ」

「クハハ、知らないのかい？　誘拐殺人は重罪だ。私は共和国で何件もやっちまってる。今さら、同じなんだよ。ここで十人ばかり見逃したとしても……捕まったら、同じだ！」

もう完全に、女は常軌を逸していた。

計算とか、理性とか、そんなものは失ってしまっている。

血走った目で周りを睨み、唇の端から泡をこぼし、全身を震えさせた。

がくがくと震えて狙いの定まらない銃口を、子供たちに向けたまま、喉から悲鳴のような声を絞り出す。

「全員、死ね！」

「やめなさい……ッ‼」

間に合わない！　そうわかっていても、リーシャは剣を投げつけようとする。

いかに魔人と恐れられ、神速と謳われようと、指をひとつ紋るより速くは動けない。

こんな状況で、間に合うとすれば――

女が撃とうとする前から、注意を向けられていない方角から、すでに先に動いていた者だけだろう。

そう……

たとえば、上から、とか。

天井が、崩れた。

巨大な黒色の塊が、階間のコンクリートを砕き散らし、天板やら照明やらと一緒に落ちてくる。

部屋は轟音に包まれた。

真っ白な砂煙に、リーシャは目をすがめる。

「ううぅ……!?」

いったい何が起きたのか？

天井の上で、何かの機械が動いていることは気付いていたが、人間の気配がなかったので、まさか、こんなことになろうとは予想していなかった。

天井を突き破ってきたのは、黒色の鉄塊だった。

リーシャは煙を吸いこまないようにしつつ、子供たちに声をかける。

「みんな、無事ですか⁉」

落ちてくるコンクリートの破片や、聞いたこともない機械の駆動音のせいで、うまく気配が探れない。

しかし、何人かが「うー、うー」とうめく声がした。

生きてる！

真っ白な砂煙が収まってきた。

リーシャには、子供たちの生きている気配が伝わってくる。

安堵が、じわじわと胸に広がった。

天井を突き破って入ってきた黒色の鉄塊が、動きだす。

空気の抜ける音や、何かが回転する音をたて、その塊は、ゆっくりと開いた。

「あ…………手⁉」

それは指の一本だけでも人間くらいの大きさがある、巨大な三本指の手だった。

怯んでいるリーシャの横を抜け、足音もなくレンが駆け寄る。

「ありがとう、パテル＝マテル」

指とも爪ともつかない金属の手に収まる。

リーシャは呆然とするしかなかった。

「……それ……レンちゃんの？」

「うふふ、さようなら、お姉さん。ちょっと騒がしかったけれど、楽しかったわ」

「あ、あの……」

何を言ったらいいのか、混乱してしまって言葉が出てこなかった。

レンが、やっぱりどこから取り出したのかわからないけれど、ビスケットを手にしている。

あれは最後の一枚と言っていた……

彼女の笑みに、リーシャは肩の力を抜いた。

「はぁ……あの……ありがとうございます」

「いいのよ。レンが許せなかった。それだけのことだから。ああ、レンのことは秘密にしておいてくれると嬉しいわ。この街では何もしないって、とある人と約束してしまったから」

「わかりました。私も内緒にしてること、ありますし」

「うふふ、そうね」

リーシャの背後から、大勢の足音が響いてきた。

この様子だと、警察が踏みこんできたのか。

レンが見つからずに済ませたいというのなら、もう時間はないだろう。

惜別の想いに言葉を詰まらせる。

「あ……また、いつか、今度は、ちゃんとした場所で……」

「うふふ、いいわね。いつか、お姉さんと、またお茶会ができるのを楽しみにしているわ。次は埃っぽ

くない場所で、美味しい紅茶と、このビスケットと」

「ジャムも忘れずに、ですよね？」

リーシャはレンと笑みを交わした。

駆動音と微振動を伴って、パテル＝マテルと呼ばれた機械が、上へと持ちあがっていく。手に包まれた彼女の姿も消えていく。

あとには、天井の大穴だけが残された。


三時のお茶会には、すこし遅れそう。

けれど、夜の公演には間に合うだろう。

ひと安心だ。

助かった子供たちが、今度は安堵して泣きはじめる。

ああ、よかった。

みんな、助かった。

天井に空いた穴を見上げて、リーシャは気が抜けたように息をつく。

あの不思議な女の子は、いったい何者だったのだろう？

とても奇妙な、お茶会だった。

「うふふ……」

彼女の仕草を思い出し、リーシャは笑い方を真似てみる。

通路を大勢が走ってくる足音がする。ようやく、特務支援課の面々がやってきたのは、そのすぐ後だった。

ロイドたちは、アジトの奥へと駆けつける。

倉庫内の天井には大穴があり、コンクリートの破片が部屋の中央に積もっていた。

ずっと放置されていた区画だから、天井が崩れたのだろうか？　しかし、倉庫の真上は荷物を満載したトラックが通ることもある大通りなのに……？

行方不明になっていた子供たちは、無事に全員を保護することができた。

ティオは安堵のあまり涙をこぼしてしまったほどだ。

ちょっとしたケガをしていた子供もいたが、エリィが手当てをして、泣いている子をなだめてあげる。

ランディがコンクリート片に埋まっていた主犯を掘り出し、拘束した。共和国からもたらされた犯人写真と一致することを確認する。

他には、誰もいなかった。

子供たちは〝女の人と女の子がやっつけてくれた〟と言うが、その者たちを見つけることはできず。

ロイドたちが、さらにアジトを捜索した結果、得られた唯一の手掛かりは——

ビスケットの包み紙と、ジャムの瓶だけだった。

# あとがき

『英雄伝説　碧の軌跡　～いつか貴方とお茶会を～』読んでいただき、ありがとうございます。作家の『むらさきゆきや』といいます。

本作は、日本ファルコムから発売中の『英雄伝説　碧の軌跡』に登場するキャラクターたちの、ゲームでは語られなかったエピソードを描くスピンオフ・ノベライズです。

フィールドワイ発行の電子書籍『月刊ファルコムマガジン』に掲載されていたものに加筆し、描き下ろしを加えました。お気に入りのキャラクターは登場しましたでしょうか？

ティオやエリィやノエルの話は、前作『英雄伝説　零の軌跡　～午後の紅茶にお砂糖を～』に収録しています。併せてよろしくお願いします。

自己紹介をさせていただきますと、私は普段はライトノベルやマンガ原作を書いています。

本作と同じ時期に、ファミ通文庫から『覇剣の皇姫アルティーナ』という戦記ファンタジーの六巻が刊行されます。それと、原作をしているマンガ『駒ひびき』が富士見ドラゴンエイジより刊行されております。併せてご観覧いただければ幸いです。

謝辞——

日本ファルコムの皆様、素晴らしい作品を産みだしてくださり、本当に感謝です。提案したストーリーに入念なチェックを入れてくださり、ありがとうございました。

イラストレーターの窪茶先生、今回も、かわいらしい挿絵をありがとうございました。レンとリーシャが並んでるカバーはとくに良い感じですね。

担当編集の小渕様、いろいろと大変なこともありましたが、おかげさまで無事に刊行できました。本当におつかれさまでした。

フィールドワイ編集部の皆様、関係者の方々。支えてくれている家族と友人たち。

そして、ここまで読んでくださった貴方に最大限の感謝を。

ありがとうございました！

むらさきゆきや

本書の感想をいただけると嬉しいです。送り先は、あとがきの後のページです。

それと、著者サイトにて簡単なアンケートを実施中です。よろしくお願いします。

URL　↓　http://murasakiyukiya.net/

# ありがとうございました！

挿絵を担当させて頂きました。
窪茶と申します。

前回に続き、また
このようなスペースを頂き、
光栄の至りです!!

前回はリーシャを
のせて頂いたので、
今回はティオでいかせて
頂きます！ 軌跡シリーズ
は、どの娘も個性的で
選ぶのに困ってしまうのですが!!
ティオは格段にかわいいですね!!

窪茶

英雄伝説　碧の軌跡
# いつか貴方とお茶会を

2014年7月8日　初版発行

原作　日本ファルコム株式会社（『英雄伝説　碧の軌跡』）

著者　むらさきゆきや

発行人　田中一寿

発行　株式会社フィールドワイ
〒101-0062
東京都千代田区神田駿河台3-1-9　日光ビル3F
03-5282-2211（代表）

発売　株式会社メディアパル
〒162-0813　東京都新宿東五軒町6-21
03-5261-1171（代表）

装丁　さとうだいち

印刷・製本　シナノ印刷株式会社



Printed in JAPAN
ISBN978-4-89610-821-7 C0093

---

## ファンレター、本書に対するご意見、ご感想をお待ちしております。

あて先
〒101-0062　東京都千代田区神田駿河台3-1-9　日光ビル3F
株式会社フィールドワイ　ファルコムマガジン編集部
むらさきゆきや先生　宛
窪茶先生　宛

---

**初出**

| | | |
|---|---|---|
| 第1話『ランディのプレゼント』 | 月刊ファルコムマガジンvol.20 | 2012年 9月 |
| 第2話『クロスベルの休日』 | 月刊ファルコムマガジンvol.22 | 2012年11月 |
| 第3話『フランとマフィアとラーメン屋台』 | 月刊ファルコムマガジンvol.23 | 2012年12月 |
| 第4話『シュリ・ラプソディー』 | 月刊ファルコムマガジンvol.24 | 2013年 1月 |
| 第5話『いつか貴女とお茶会を』 | 書き下ろし | |